KB109658

학습하는 직업

유재연 **학습하는 직업**

확장하는 미래에 투자하는 AI 전문가의 삶

마음산책

학습하는 직업

확장하는 미래에 투자하는 AI 전문가의 삶

1판 1쇄 인쇄 2023년 12월 10일
1판 1쇄 발행 2023년 12월 15일

지은이 | 유재연
펴낸이 | 정은숙
펴낸곳 | 마음산책

편집 | 성혜현 · 박선우 · 김수경 · 나한비 · 이동근
디자인 | 최정윤 · 오세라 · 한우리
마케팅 | 권혁준 · 권지원 · 김은비
경영지원 | 박지혜

등록 | 2000년 7월 28일(제2000-000237호)
주소 | (우 04043) 서울시 마포구 잔다리로3안길 20
전화 | 대표 362-1452 편집 362-1451   팩스 | 362-1455
홈페이지 | www.maumsan.com
블로그 | blog.naver.com/maumsanchaek
트위터 | twitter.com/maumsanchaek
페이스북 | facebook.com/maumsan
인스타그램 | instagram.com/maumsanchaek
전자우편 | maum@maumsan.com

ISBN 978-89-6090-857-4 03810

★ 책값은 뒤표지에 있습니다.

하지만 할 만큼 해보자.
그 마음이, 그 에너지가,
그렇게 번지는 시너지가,
사람을 그토록 설레게 한다.

우리가 살고 싶은 세상

3.04/4.5. 대학교 학부를 졸업할 때 받은 성적이다. 친구들은 4점대 안팎의 학점을 너끈히 받던 시절이었다. 3.04의 근원을 찾아 성적표를 들춰보면 대략 답이 나온다. 이렇게 전략도 없이 다양한 학과의 수업을 다채롭게 듣는 사람은 흔치 않았을 것이다. 문과대학에 다녔지만, 경제학과와 경영학과, 정치외교학과와 언론정보학과는 물론 법학과 전공 수업까지 들쑤신 흔적이 켜켜이 박혀 있었다.

여러 학과를 돌아다니며 학과마다 답안지를 쓰는 방식이 정말 다르다는 것을 배웠다. 같은 인문사회계열로 묶여도 학생들은 다른 방법론, 다른 언어와 논리구조로 완전히 다른 답을 찾아가야 했다. 그걸 꼭 몸으로 부딪혀봐야 아느냐고 물어보는 사람도 있겠지만, 직접 맞닥뜨렸을 때 비로소 내 몸과 머리와 정신이 어디까지 적응할 수 있는지 그 한계를 제대로 알 수 있다.

이후로도 내 삶은 그렇게 경계를 넘나들며, 남의 '나와바리(영역을 뜻하는 속어)'에 겁 없이 뛰어들며 펼쳐진 것 같다. 단단하게 뿌리를 내린 분야별 전문가들로부터 두루 배워가며, '나'라서 만들어낼 수 있는 메시지나 인사이트는 무엇일까 고민하게 됐다. AI에 대해서도 마찬가지다. 컴퓨터공학과를 나와서 알고리즘을 자유자재로 다루는 프로그래머나 수학의 근본부터 파고들어 AI 모델의 패러다임을 새롭게 제시하는 연구자들과는 아무래도 결이 다를 수밖에 없다.

대신 내가 잘해내는 것은 AI 기술과 인간이 어떻게 하면 더 잘 어우러질 수 있을지를 고민하고 방법을 제시하는 지점이다. 사회적으로 너무 깊게 박혀서 미처 모르고 지나갔던 고정관념을 AI 기술로 탐색해 알려줄 수 있고, AI를 만드는 사람들의 특성을 연구해 AI 모델의 문제들을 세밀하게 나열할 수 있다. AI 서비스를 쓰는 사람들의 패턴을 빠르게 파악해, 앞으로 다가올 미래 사회의 문제를 선제적으로 예견할 수도 있다. AI 기술이 태생적으로 지닌 한계를 깨는 데에 사람이 어떻게 기여할 수 있을지를 연구하는 것에도 관심을 가진다. 이런 역할은 한 분야만 파고든 이들의 초점에서 다소 벗어나 있을 거다. 마침 내가 답을 내어 해결에 기여할 수 있는 질문들이 아닐까 생각한다.

잠깐! 그런데 이 책에서 다루는 내용은 AI 미래 지향 시리즈가 아니다. 천방지축, 무경계, 관심 폭발을 주축으로 한 성장 에피소드 묶음이다. 제목 그대로 어떻게 세상을 학습해왔는지, 그 과정의 좌충우돌 스토리를 다뤘다. 목적은 한 가지. 이 배울 것 많은 세상에서 함께 공부하며 살자고, 그거 꽤 재밌다고 여기저기 알리고 싶었다. 학습이라는 것을 꼭 정해진 문법대로 할 필요는 없다. 최대한 세상과 많은 접점을 가지고 부딪혀보며 스스로의 결을 만들어가는 과정이 바로 학습이라고 감히 주장해본다. 좀 엉뚱하더라도 유쾌한 시선으로 세상을 겪는 사람들이 더 많아지면, 이 세계가 더 재밌어지지 않을까 싶은 마음을 책에 듬뿍 담아보았다.

완벽하게 내 이론을 닦은 것도 아니고, 온 세상이 다 알 정도로 대단한 성과를 이룬 것도 아니라서 이야기를 꺼내는 것이 사실 쉽지만은 않았다. 그동안 썼던 원고들을 버무려 100일의 기적처럼 책 한 권을 거뜬히 완성해낼 줄 알았던 2022년 가을의 내가 떠오른다. 아, 그때의 나는 왜 그리 자만했을까. 아무튼, 그로부터 1년여가 지난 지금의 나는 느지막이 원고들을 엮어냈다. 계약서에 서명했던 펜의 잉크가 소진될 즈음인 2023년 여름이 되어서야 나는 내가 무슨 일을 하고 있는지, 작다면 작은 이 세상에서 내가 어떤 기여를 하고 사는지에 대해 조금 더 정교하게 생각하게 됐다. 그 시간을 채워준 것이 글이었고, 그 글들로 이뤄진 이 책이 정교해지는 과정을 슬쩍 비추고 있다.

책에는 10만 자가 조금 넘는 글자들이 수놓아져 있다. 자음과 모음마다 떠오르는 얼굴들이 촘촘하게 엮여 있다. 그 얼굴들에게 감사를 보낸다. 응원과 격려, 따끔한 충고를 건네며 고통 분담을 기꺼이 함께해주는 가족, 동료, 친구들에게 달달한 애정을 전한다. 이 책을 함께 만들며 나의 성장기를 찬찬히 지켜봐준 마음산책에도 뜨겁게 감사드린다.

우리가 살고 있는 세상을 학습하다 보면, 우리가 살고 싶은 세상도 만들 수 있다.

2023년 겨울
유재연

차 례

2 미래를 만드는 사람들

3   앞으로의 세상

■ 일러두기

1. 외국 인명, 지명, 독음은 외래어 표기법을 따르되 관용적 표기와 동떨어진 경우
   절충하여 실용적 표기를 따랐다.
2. 영화와 드라마, 미술 작품은 〈 〉, 매체는 《 》, 논문과 기사는 「 」, 단행본은
   『 』로 표기했다.

1 우리의 문제를 해결하는 기술

한마디로
정의하기 어려운 직업

"정확히 재연 씨가 하는 일이 뭐예요?"라는 말을 종종 듣는다. 처음 내 명함에 적힌 직함은 '소셜 임팩트 벤처캐피털 AI 펠로우'였다. 한국어가 하나도 없다. 풀이를 해보자면 이렇다. "저는 세상에 긍정적인 영향을 미치는 제품을 만드는 스타트업을 발굴하고 지원하는 일을 해요. 제 전공을 살려 인공지능 기술이 서비스에 잘 녹아들 수 있도록 돕기도 하고요." 그러나 투자업계에 종사하지 않으면 이런 설명은 그다지 와닿지 않는다. 예시가 필요하다.

"영어를 가르쳐주는 앱을 만드는 회사가 투자 유치를 하러 왔다고 가정할게요. 제 역할은, 그 앱을 만드는 회사가 가진 기술이나 아이디어, 서비스가 얼마나 더 확장될 수 있을지 검토하는 거예요. 이 회사가 가지고 있는 기술이 학생에게 맞는 튜터를 추천해주는 거라면, 커뮤니티 기반의 플랫폼으로 확장될 수 있는 자양분이 있는 셈이에요. 그걸로 사용자들을 묶어두는(lock-in) 효과를 낼 수도 있겠죠. 똑같이 영어를 가르쳐주는 앱이어도, 어떤 회사는 영어 문장을 자동으로 만들어주는 인공지능 기술을 가지고 있을 수 있겠죠. 이런 경우엔 기술을 활용해 더 많은 텍스트를 만들어내서 저작권 이슈도 해결하고 학생의 글쓰기를 도울 수도 있어요. 이걸 교육격차로 옮겨와 생각하면 도농 간 기회 격차도 줄일 수 있고⋯⋯." 아뿔싸, 이미 상대방은 길어지는 내 말을 듣다 지쳐가고 있다. 반밖에 안 남은 술잔을 찰랑이며 '자, 이제 어서 건배를 합시다'라고 눈으로 속삭인다.

이토록 묘사하기에도 생소하고 복잡한 일을 하게 된 것은, 내가 걸어온 인생이 그러했던 탓이려니 싶다. 프랑스어를 좋아해서 불어불문학을 전공했고, 졸업도 하기 전에 일찌감치 방송기자로 취업했다. 그러다 "서른 살부터는 다르게 살아보겠어!"라고 결심하고는 HCI^Human Computer Interaction, 인간과 기계의 상호작용 연구를 하는 이공계 대학원에 진학했다. 석사학위를 받고 짧은 기간이지만 과학기술정책연구원에 들어가 국가 R&D 사업을 연구했다. 그러다 다시 박사과정에 들어가서 쫄래쫄래 학위 받을 날을 기다리던 중, 지금 다니고 있는 바로 이 투자회사에서 건넨 "일 한번 같이 해보지 않을래요?"라는 말에 솔깃해 대학원을 냅다 뛰쳐나왔다. 요약하자면 인문학을 공부하다가 미디어 업계에서 일하고, 이공계 대학원에 진학한 뒤 지금은 금융권에 종사하고 있는 것이다.

이토록 혼란스러운 커리어를 거치다 보니 스스로도 늘 확신이 서지 않았다. 도대체 나의 아이덴티티는 무엇인가. 그러다 다양한 인간들의 소소한 디테일을 잡아 풍성한 시나리오를 쓰는 한 드라마작가를 운 좋게 만나게 됐다. 나는 "어떻게 그런 캐릭터들을 만들 수가 있느냐"고 감탄을 하며 물었다. 그 드라마작가는 "내가 다중인격이야"라는 말로 단번에 답을 던져주었다. 자신이 속으로 슬며시 감춰둔 내면의 작은 캐릭터들이 제각각 관점을 가지고 세상을 조각조각 바라본다는 것이었다. 그 조각들이 모여 하나의 캐릭터를 완성시키고, 16부작 드라마는 물론 다회차 시트콤까지도 만들어낸다고 했다. 그 말을 듣고 내심 자신감이 생겼다. 음, 나도 만만치 않은 다중인격이니 그 조각들을 잘 꺼내어 쓰면 되겠군. 피카츄에서 라이츄로 몸집을 부풀려 진화하는 것만이 꼭 인생의 정답은 아닐 테니, 나는 가슴속에 서른 개의 포켓몬 몬스터볼을 지니는 것이 더 어울리는 사람이구나 싶었다.

이 시점에서 확실하게 답할 수 있는 것이 있다. 바로, 지금 하는 일이 무척 좋다는 것이다. 여전히 공부해야 할 것도 많고, 만나야 할 사람도 많고, 무엇보다 여러 가지 면에서 난이도가 높다. 누군가를 돕는다는 취지는 좋지만, 그것이 일으킬 사회, 자본 측면의 영향력도 살펴야 한다. 그걸 알아보려면 내 몸의 안테나를 삐죽 세워 세상의 모든 신호를 받아들여야 한다. 기후 위기가 심각하군, 인공지능의 편향성은 어떡하지, 하고 말이다. 그러니 한시도 재미없는 순간이 없다. 글로 풀어가다 보니 이제야 내가 일에 임하는 자세 정도는 한마디로 간추릴 수 있을 것 같다. 내가 사는 이 세상을 세세하게 관찰하고 온몸으로 익히는 일. 그것이 내가, 그리고 나의 동료들이 품은 일의 기본자세이고, 다른 직업과 구별되는 특징이다. 몸의 감각을 일깨우며 세상 구석구석에서 가치를 창출하는 임팩트 투자자. 그것이 우리가 이 세상에서 담당하고 있는 역할이다.

오지랖은
우리의 힘

고백하건대 아직 영화 〈리플리〉를 끝까지 다 보지 못했다. 극중에서 맷 데이먼이 주드 로처럼 꾸미고 산다는 그 영화, 맞다. '리플리증후군'이라는 개념을 대중에게 널리 알린 작품으로, 자신의 삶을 부정하고 허구의 세계를 동경하며, 마치 그 세계에 사는 것처럼 거짓말을 일삼는 주인공의 이야기가 2시간 19분 동안 이어진다. 나는 아름다운 이탈리아를 배경으로 벌어지는 이 스릴러를, OTT 플랫폼에서 한 시간만 보고 그 뒤를 이어 보지 못했다. 엄청난 명작이라는 것은 전반부만 봐도 알 수 있었다. 다만 주인공이 자기가 살해한 재벌의 모습으로 살아가는 걸 보고 있는 내 마음이 너무 초조해서, 곧 있으면 모든 것이 탄로 날 것이라는 게 너무 가슴 떨려서 뒷부분을 못 봤다. 내가 이렇게 심약한 사람이었나?

『영화를 빨리 감기로 보는 사람들』의 저자 이나다 도요시는 나의 이 벌렁벌렁한 마음을 '공감성 수치가 높아서 주인공의 감정을 절절하게 느끼는 바람에 힘들어하는 상태'라고 해석했다. 그러니까 요새는 작품을 감상하기보다는 콘텐츠를 소비하는 시대인데, 행복감과 즐거움만 느껴도 모자랄 세상에 힘들고 고통스러운 이야기를 굳이 찾아 보지 않는다는 거다. 인류 역사상 가장 저렴하게 콘텐츠를 접할 수 있는 이 시대에 말이다. 한때 기자로서 남의 이야기를 듣는 것이 직업이었고, 이제는 다른 이들의 아이디어와 꿈과 희망에 대해 투자 여부를 결정하고 그 가치를 키우는 일을 하고 있다. 공감은, 우리 업계에서 너무나도 중요한 덕목이다.

우리 조직은 투자를 하지 않은 회사도 계속 들여다본다. 스타트업 생태계가 만들어낼 파급력과 확장성, 그로 인해 만들어질 사회의 큰 그림에 관심을 가지고, 거기에 조금이라도 보탬이 될 수 있는 방법이라면 무엇이든 하려는 것이 우리 조직의 기본자세다. 아니, 자본주의의 꽃이라고도 불리는 벤처캐피털이, 탐욕스러운 자본가의 얼굴을 드러내는 게 아니라 사회에 이로운 방향을 꿈꾼다고? 왠지 어울리지 않는 그림 같기도 하다.

을 단단하게 만들어냈다. 《뉴닉》은 빠르게 뉴스를 익히고 세상을 알아갈 수 있는 산뜻한 콘텐츠로 젊은 층의 시선을 사로잡는 시도를 지속하고 있다. 《옥소폴리틱스》는 OX 답변이라는 간단한 방법을 활용해 정치 이슈에 대한 관심을 지속할 수 있는 모델을 운영하고 있다.

기술이 미디어가 겪는 문제를 해결할 수 있을지 답을 하지는 못했지만, 세미나 직후 감사하게도 함께 일해보자는 제안을 받았다. 회사에 들어와서 하게 된 일은 그 질문의 답을 찾아가는 것, 그리고 회사의 새로운 투자 원칙을 다지고 대외적으로 AI와 얽힌 문제들을 잘 풀어갈 수 있는 기반을 마련해나가는 것이었다. 얼핏 보면 모호했지만 결은 분명했다.

그래서 우선순위가 가장 높고, 그 와중에도 가장 분명해 보이는, 투자에 대한 회사의 기본적인 파이프라인을 다져가는 일을 먼저 시작했다. 사회문제를 해결해가는 기존의 소셜 임팩트 투자 원칙에 보태어, 그 방법론으로 AI를 잘 활용하는 회사를 찾는 것이 우리의 새로운 목표가 되었다. 다른 이유는 없었다. AI가 지닌 가능성을 볼 때, 이 기술이 지금까지 풀리지 않았던 문제들을 해결할 하나의 고리가 될 수 있겠다는 판단이 내부적으로 공유돼 있었다. 그런데 AI가 지닌 약점도 만만치 않게 많았다. 오히려 사람들에게 은근슬쩍 부정적인 영향력을 퍼뜨리는 매개가 될 수도 있어 보였다. AI 기술을 문제 해결 방법으로 잘 활용하는 축과, AI가 선한 방향으로 개발될 수 있도록 드라이브를 거는 축. 이렇게 두 개의 파이프를 투자자 입장에서 어떻게 강조할 수 있을지가 관건이었다.

그러기 위해 집중적으로 한 일은 AI 기술에 대한 내부의 이해도를 높이는 것이었다. 다양한 분야에서 전문성을 바탕으로 AI 기술을 활용해 업계의 변화를 이끄는 스타트업 대표들의 이야기를 들었다. CES세계가전전시회, Vivatech매년 파리에서 개최되는 기술 콘퍼런스 등 주요 기술 박람회에서 마주한 다채로운 시도를 모아 정리했다. AI 기술이 현재 어떻게 발전하고 있는지, 앞으로의 전망은 어떠한지 탐색하고 공유했다. 처음엔 투자 원칙을 정립하자고 만든 세미나가, 이제는 우리가 스타트업 대표들에게 물어야 할 질문을 정하는 것으로 바뀌었다. AI를 쓰는 이유, 썼을 때의 리스크, 잘 쓸 수 있는 방법과 의도 등, AI 기술의 파급력과 분야별 확장성에 대해 충분히 이해해야만 던질 수 있는 질문들을 차곡차곡 쌓아갔다. 많은 스타트업 투자서에서 강조하는 것처럼 회사 특유의 투자 철학과 원칙을 채워갔다. 단순히 자본을 투입하고 마는 것이 아니라, 해당 기업의 가치를 함께 키워갈 수 있는 파트너가 되는 것이 중요하기 때문이다.

우리가 사는 세상에 변화를 일으키는 데 최적의 도구인 AI를 잘 활용하는 스타트업들을 기다리고 있다. 이들이 닦아가고자 하는 길을 충분히 이해하고, 든든하게 협력할 수 있는 파트너가 되는 것이 우리의 목표다. 나는 이 일을 하는 것이 정말 신난다. 사회를 바꾸어가는 이들의 위에 서지 않고, 옆에서 나란히 걸으며 서로 돕고 성장하는 것이 참 좋다. 그러기 위해선 나도, 우리 팀도 부단히 노력하고 공부해야 한다. 투자의 원칙을 정하는 과정에서 우리는 우리가 취해야 할 자세를 다져가고 있다.

기술보다
고객가치

교육 분야 스타트업에서 1년 정도 일을 거들었다. 대학원 박사과정 중이라 많은 시간을 들이지는 못했지만, 해당 플랫폼이 어떻게 개선되면 좋을지, 당장 시도해볼 만한 아이템은 무엇이 있는지, 현재 나오는 기술 트렌드 가운데 빠르게 서비스에 적용할 수 있는 것은 무엇이 있는지 짚어내고 시도해보는 일을 했다.

이 일을 하게 된 것도 큰 우연이었다. 대학 동기인 친구를 우연히 대학원 인근 지하철역 에스컬레이터에서 스치듯 만났는데, 그걸 계기로 같은 동네에 출몰하는 사이인 걸 알게 돼 밥을 함께 먹었다. 진작 창업을 할 성싶었던 친구는 역시나 창업을 했고, 아주 초기 단계이긴 했지만 곳곳에서 인정을 받으며 나름 승승장구하고 있었다.

친구는 나에게 "대학원을 졸업하고 어서 함께 일하자"라고 했고, 석사 졸업 이후 취업시장에서 맡을 수 있는 직무의 종류가 제한적이라고 느꼈던 나는 "과연 내가 어떤 역할을 할 수 있을지 잘 모르겠다"라고 답했다. 기술 분야를 맡기에는 개발에 얽힌 과정들을 온전히 겪어본 경험이 없었고, 대외 홍보나 콘텐츠 제작은 내가 더 이상 하고 싶지 않은 일이었다. 그때 친구의 말이 퍽 인상적이었다. "너는 일단 데려다 두면 뭐든 일을 찾아서 해낼 거니까 괜찮아." 그렇다. 친구의 말대로 나는 폐를 끼치는 것이 싫어서라도 어떻게든 일을 해냈을 것이다.

잠시 친구의 기업이 주춤하던 때에, 함께 서비스의 현재와 미래를 꾸려가는 일을 하게 되었다. 그 전까지 창업, 스타트업, 투자 같은 것은 먼 이야기로만 여겨졌었다. 그도 그럴 것이, 남들 다 하는 주식투자조차 하지 않고 있었으니 말이다. 그런 와중에 친구의 고민을 현장과 아주 가까운 곳에서 보고 듣고 겪었다. 고객을 만나서 피드백을 수집해 개선 사항 목록들을 켜켜이 쌓아 올렸다. 기업 소개 자료(IR)를 만들면서 어떻게 투자금을 받아 기술개발을 해내고 매출을 올릴 수 있는지를 학습하기도 했다. 연말까지 투자금 납입을 질질 끌다가 계약을 파기한 벤처캐피털의 이야기를 들으며 피가 끓기도 했다.

무엇보다 내가 아는 하이레벨 기술이 실제 서비스에 적용되기 위해선 넘어야 할 산이 무척 많다는 것을 뼈저리게 느꼈다. 잘 구성되어 있는 환경에서 원하는 데이터를 모아다가 설계한 알고리즘은 현장의 여러 노이즈 앞에서 한없이 취약했다. 특정 데이터세트에 대해 알고리즘이 기록한 최고 성능 수치SOTA, State-of-the-art를 깨고 올라가는 것이 학계에서는 아주 중요하다. 하지만 최고 성능 수치가 아무리 높아도, 실제 현장에 알고리즘을 적용하면 기록치의 50퍼센트도 달성하기 힘들다는 말이 있다. 그 정도로 현장에서는 수많은 노이즈가 발생하고, 예상치 못한 일이 벌어진다. 그래서 실제 상황에서 모은 데이터로 만든 데이터세트가 더 좋은 성능을 발휘한다는 걸 내세우는 논문도 많다.

　내 입장에서 생각이 크게 트인 계기는 따로 있다. 나는 이미 상용화된 최신 기술을 빠르게 적용해보고 싶었는데 대표가 이를 거절했다. 그 이유는 간단했다. 이 기술이 고객의 필요와 크게 상관이 없다는 것이었다. 교육 서비스를 사용하는 고객의 입장에서 매 순간 필요로 하는 가치를 수놓은 가치사슬 안에서 굳이 나아지는 것이 없었다. 오히려 사용료만 더 들 뿐이었다. 놀라웠다. 기술을 추가하면 당연히 서비스가 더 좋아질 테니 고객도 만족할 거라는 막연한 생각과는 달리, 실제 사용자에게는 기술의 효용이 그리 높지 않을 수도 있다는 걸 새삼 깨달았다.

이때의 경험은 투자업계로 건너온 뒤 강력한 힘을 발휘하고 있다. 많은 스타트업이 차별화된 기술력이나 허를 찌르는 서비스 설계를 가지고 빠르게 고객들을 선점해 시장을 차지하는 전략을 짜곤 한다. 한국에서 처음 새벽 배송 서비스를 시작한 스타트업의 경우, 고객의 요구를 정확하게 파악해서 빠르게 상품군과 유통망을 넓혀 대세를 차지했다. 불편한 금융서비스에 혁신을 가져온 스타트업은 고객들의 행동 데이터를 잔뜩 모을 수 있는 기반을 일찌감치 마련해서 경쟁력을 높였다. 대부분의 스타트업들은 "이 투자금을 받으면 어떤 기술개발을 해서 서비스를 개선할 것"이라고 말한다. 우리 같은 투자회사들은 "그 기술이 얼마나 더 강력하게 고객의 문제를 해결해주는지"를 꼭 묻는다. 그 기술로 가치사슬에서 어떤 부분을 시원하게 긁어주는지를 자세하게 묻고, 개발 과정과 유지에 드는 비용을 제대로 산정하고 있는지를 따진다. 그 기술이 정말 필요한 게 맞는지, 고객가치를 얼마나 더 강화시켜주는지 재차 묻는다.

우리, 그러니까 창업자와 투자자가 이 일을 하는 이유는 명확하다. 고객이 충분히 지불할 법한 가치를 만들기 위해서다. 그러려면 커뮤니케이션 과정에서의 모든 질문과 대답은 고객에 대한 것이어야 한다. 어떤 고객이 대상인지, 어떻게 고객을 유입시킬지, 고객은 어떻게 이 서비스 안에서 움직이는지, 그들이 이탈하는 이유는 무엇인지, 그리고 그들이 카드 결제 버튼을 누르게 하는 방법은 무엇인지를 꼼꼼하게 따져야 한다. 그 덕에 나도 요즘은 어떤 기술이 나오면 이걸 어떻게 활용해야 더 많은 유료 사용자를 모을 수 있는지 고민하면서, 시장을 뾰족하게 보는 연습을 정말 열심히 하고 있다. 당연하게 수긍하고 받아들이게 되는 불만들을 메모해두었다가 새로운 기술을 입혀본다. 왜 우리는 늘 붐비는 지하철을 타야 할까, 왜 '덕질'을 하기 위해 '광클'을 해야만 할까, 왜 우리는 점심때가 오면 마음에 드는 식당을 찾아 지도 앱을 계속 브라우징 해야 할까 등등. 여전히 풀리지 않는 생활 속 문제들을 현재의 기술과 연결해 답을 찾아보려 애쓰고 있고, 그것이 해결됐을 때의 세상을 고민하고 있다. 벤처캐피털에서 일하는 기술 전문가로서의 일이다.

세상 사람들이 자기 능력
다 쓰고 살았으면 좋겠어

하루의 뉴스를 마치는 멘트 앞에는 늘 한 줄짜리 날씨 기사가 붙었다. 방송에서 가장 마지막에 나가는 그 한 줄은, 데스크기사를 검토하는 부서 책임자에서 가장 늦게 손을 보는 기사였다. 송출이 되는 순서대로, 그리고 중요도 순으로 기사를 검수하다 보니 그 기사는 한 줄짜리든 다섯 줄짜리든 상관없이 마지막으로 검토되었다. 최종 승인이 날 때까지 기사를 쓴 기자는 집에 가지 못한다. 그때 생각했다. "간단한 기사는 로봇이 쓰게 하면 이런 비효율이 줄어들지 않을까?" 그렇게 로봇으로 기사를 쓰는 모델을 만든 국내 대학원 연구실에 원서를 넣었다. 2015년 봄이었다.

잠시 장면을 몇 년 앞으로 돌려본다. 기자 생활을 하다 보면 다양한 사람들을 만나게 돼 있다. 가장 먼저 직업적으로 접하는 사람들은 경찰이었다. 처음 수습기자 딱지를 단 2008년의 그 추웠던 겨울은 나에게 술 냄새, 발냄새, 군고구마 냄새로 기억된다. 선배들은 만 스물두 살의 어리바리한 후배에게 폭탄주를 말아 연거푸 투여했다. 정신 단단히 차리라는 말이 먼 메아리처럼 들릴 즈음, 동기들과 나는 택시에 실려 각자 담당한 경찰서로 이송됐다. 우리는 형사들이 근무하는 방의 문을 뻥 차고 들어가 냅다 "형님!"이라고 외치며 그날의 취재 비슷한 것을 시작했다. 그렇게 긴 밤, 선배들에게 30분에서 한 시간 간격으로 보고를 하며 모든 동물의 '새끼'가 되는 경험을 했다. 운동화로는 발이 시려서 고어텍스 등산화를 주로 신었는데, 오래 신으면 발냄새가 나고 무좀이 생기는 단점이 있었다. 회사로 복귀하기 전, 사무실 앞 화장실 세면대에 발을 올려 씻고 있으면 동기가 회사 앞에서 몰래 고구마를 사왔다. 수도관 얼지 말라고 따뜻하게 덥혀둔 화장실에서, 우리는 사이좋게 꿀고구마를 나눠 먹곤 했다.

경찰들은 이런 처량한 신입 기자들을 매년 반복해서 본다. 기자 선배들과 친한 경찰들은 나의 일거수일투족을 장난처럼 일러바치기도 했고, 가끔은 내 편이 돼주기도 했다. 온정을 담아 박카스, 믹스커피, 비타민제를 건네는 경찰도 있었고, 바닥이 따뜻한 빈 유치장에서 눈을 붙이게 해주는 이들도 있었다. 지금도 종종 연락하는 경찰 한 분은 아침마다 내 안색을 살피며 손을 따주고 따뜻한 차를 타 주었다. 체하는 일이 많았던 나는, 이분 덕에 위장 상하지 않고 지금까지 잘 살아 있는 것이 아닐까 싶을 정도로 관리를 받았다.

자주 보면 정이 들고 믿음이 가듯, 어느 정도 라포르rapport, 두 사람 간의 친밀도가 생기면 은근슬쩍 기삿거리를 밀어주는 경찰도 있다. 이때부터는 서로 협업과 상생이 가능한지 슬슬 맛보기가 시작된다. 서로가 달성하고자 하는 목표(거창하게 말하자면 정의 구현)를 향해 어떻게 하면 더 임팩트 있게 사건을 보도할지 가늠하는 시간이다. 같은 사건에 대해서도 더 파장이 일도록 기사로 잘 구성해내는 기자들이 따로 있다. 내용을 깊이 팔 줄 아는 것뿐 아니라, 주제도 잘 잡고, 기획도 잘하고, 데스크와 선배들에게 세일즈도 잘한다. 힘 조절을 잘해서 다른 언론에서도 이 이야기를 이어갈 수 있게끔 영리하게 기사를 쓰고 인간관계를 다져두는 법을 빠르게 익히는 기자들이 있다. 기자를 오래, 다양하게, 많이 봐온 경찰들은 그런 노하우를 나처럼 불쌍한 젊은이들에게 진심을 다해 알려주며 이렇게 말했다. "○○○도 너 같던 때가 있었어"라고.

경찰서에 있으면 경찰만 보는 것이 아니다. 각종 이해

관계에 얽힌 수많은 사람들을 본다. 사고 피해자를 보고, 그의 가족들을 본다. 소방관을 보고, 응급실 의사들을 본다. 경찰서를 도는 사회부 기자들은 기동력이 좋기 때문에 어디에든 투입된다. 정부 부처에 나가는 일도 있고, 집회 현장의 정치인들을 만나기도 한다. 시민 인터뷰는 또 얼마나 많이 하는지 모른다. 학생을 만나고, 노동자를 만나고, 가끔은 연예인도 만난다. 그 많은 사람들을 만나며 그들이 처한 문제를 가장 가까이에서 듣는다. 작업 환경이 위험하다거나, 부당 해고를 당했다거나, 억울한 옥살이를 하고 있다거나, 사기를 당한 개인의 이야기를 바탕으로 사회적인 문제를 끌어내는 법을 익힌다. 작업환경의 위험과 부당 해고는 그 사람만의 이야기가 아닌 우리 사회가 지닌 노동 시스템의 문제일 수 있다. 억울한 옥살이는 부실한 법체계나 제도적으로 약자를 보호하기 힘든 환경 때문일 수 있다. 사기 사건은 너무 소액이라 오랫동안 별것 아닌 걸로 방치돼온, 그러나 누구에게나 벌어질 수 있는 일이다. 다양한 사람을 만나면서 갖가지 문제점을 해결할 방법을 함께 고민하고 전문가의 의견을 들어 잘 정리해내는 것이 내 일이었다.

그런 내가, '비효율적인 작업환경'이라는 나의 문제를 가만 놔두는 것은 도무지 용인할 수 없는 일이었다. 그즈음 저널리즘에서 빅데이터를 활용하는 방법이 여러 각도에서 시도됐다. 한편에서는 프로야구 경기가 끝나자마자 바로 기사를 자동으로 만들어 송출하는 실험이 진행되고 있었다. 무릎을 탁 쳤다. 나는 왜 그런 생각을 못 했을까. 틀과 규칙만 정해져 있다면 자동화할 수 있는데. 힘겹게 경찰서를 돌던 밤마다 한 일이 기사의 틀을 익히는 것이었다. 누가, 언제, 어디서, 무엇을, 어떻게, 왜, 라는 육하원칙을 바탕으로 취재를 한 뒤 정해진 기사 형태로 줄줄 말로 읊는 훈련을 수개월 동안 했다. 첫 줄에는 간단하게 한 줄 요약을, 두 번째 줄은 "오늘 새벽 3시쯤 ○○○에서 어떠한 일이 발생했습니다"를, 세 번째 줄은 "경찰 조사 결과, ○○가 어찌했기 때문인 것으로 나타났습니다"를, 마지막 줄에서는 "경찰은 무엇을 할 예정입니다"로 마무리를 한다. 종합적으로 사실을 나열해두고 주제를 잡은 뒤 기사 형식 속 빈칸을 채우는 것이 가능했다.

퇴사하던 날, 어디 가서 무엇을 할 생각이냐는 동료들에게 나는 호기롭게 말했다. "제 한 몸 대학원에 바쳐 여러분이 능력과 시간을 더 잘 쓸 수 있게 돕는 기술을 만들겠어요." 7년여가 지난 지금도, 문제는 여전히 남아 있다. 기술이 있어도 현장에 적용하는 것은 또 다른 문제였고, 그 사이 크게 변한 미디어 환경은 더 많은 기사의 양산을 필요로 했다. 갈 길이 아직 많이 남았다.

　무언가를 바꾸고자 하면, 그로 인해 벌어질 임팩트를 상상하게 된다. 시간 많이 걸리는 일을 기계로 대체하고 나면 사람은 남는 시간에 무엇을 하게 될까? 내 상상 속에서 기사를 자동으로 빠르게 작성한다는 일은, 더 많은 사람을 만나고, 더 심층적인 취재도 하고, 기획도 더 해내고, 더 완성도 높은 포트폴리오를 쌓아가는 일과 같았다. 되짚어보니 스스로 꽤 긍정적인 사람이라는 생각이 든다만……

　'로봇이 써도 기자보다는 잘 쓰겠다'는 댓글이 무수히 달리던 시절을 넘어, 이제는 누가 무엇을 쓴 것인지 구분하기 힘든 세상이 됐다. 생산성을 강화하는 도구가 결과적으로는 여론을 뒤흔드는 강력한 무기가 되었다는 건 꽤 씁쓸한 이야기가 아닐 수 없다. 기술은 늘 파괴적인 영향력을 발휘해왔다. 기왕 기술을 써서 능력을 더 잘 발휘할 수 있게 하려면, 그걸 더 유용하게, 더 유익한 방향으로 쓸 수 있는 사람들이 더 빠르게 기술을 확보해 활용하길 바란다.

너는 슬플 때
무슨 표정을 짓니

"실험 너무 어려웠어. 너는 슬플 때 무슨 표정을 짓니? 나는 슬플 때 아무 표정도 안 짓는단 말야. 슬픔에는 표정이 없어."

순간 목덜미가 사르르 시려왔다. 나는 실험 참여자에게 "당연히 아랫입술을 삐죽 내밀고, 미간을 찌푸리고, 눈에 힘을 풀어야지. 그것이 우리가 말하는 슬픈 감정의 표현 아닐까?"라는 말을 차마 할 수 없었다. 슬픔이 인간의 얼굴을 통해 드러나는 방식을, 우리는 단단히 오해하고 있었다.

내가 들어간 대학원 연구실은 HCI 분야, 즉 인간과 컴퓨터의 상호작용을 연구하는 곳이었다. 로봇으로 기사를 쓰는 프로그램을 만든 연구실이라 컴퓨터공학을 전공한 사람들로 가득할 줄 알았더니 의외로 영문과, 경제학과, 산업공학과, 인류학과 등 다양한 전공 출신들이 모여 있었다. 기자들이 자신의 능력을 더욱 잘 발휘할 수 있도록 기사 작성 자동화를 하려던 나의 꿈은 코드를 펼쳐보자마자 곧바로 접혔다. 그것도 손톱으로 꾹꾹 눌려서. 이유는 분명했다. 2015년 당시, 우리가 일상적으로 쓰는 언어인 '자연어'를 자동으로 생성하는 기술의 수준은 미약했다. 하나의 기사를 말 그대로 '생성'하려면 정말 많은 기술이 엮여야 한다. 다량의 텍스트 데이터를 바탕으로 나열된 정보들을 종합적으로 이해하는 기술, 그 안에서도 특히 문맥과 의미를 잘 파악해내는 기술이 있어야 한다. 주제를 뽑아내는 기술도 필요하고, 이를 바탕으로 무엇이 중요한지 판단해 주요 문장만 뽑아내는 기술도 있어야 한다. 그렇다. 인간이 하는 글쓰기라는 행위는 정교한 일이다.

코드를 들여다보니 당시로서는 온전히 규칙에 기반해 빈칸을 채우는 형태가 최선이었다. 데이터가 넘쳐나는 영어 텍스트로도 제대로 글이 생성되지 못했다. 상대적으로 양이 적은 한국어에 대해서는 말할 것도 없었다. 생성은 고사하고 요약도 잘 안 될 정도였으니 말이다. 사실 간단한 기사의 경우 사람도 틀을 외워서 빈칸에 알맞게 사실관계를 끼워 넣어 완성한다. 그러나 이것 또한 어떤 사실을 넣을 것인지에 대한 사람의 판단이 중요하다. 그래서 그 시절의 로봇 저널리즘은 숫자에 기반한 기사가 많았다. 프로야구 경기 결과나 주식 시황, 날씨가 주된 대상이었다. 지금은 AI가 소설도 쓰고 시도 쓴다. 이제는 창작 영역에서 AI와 인간이 어떻게 함께 잘 살아갈 수 있을지 설계하는 것이 더욱 중요해진 것이다.

그 시절 나는 옆길로 샜다. 텍스트 쪽에서는 여전히 갈 길이 멀어 보였던 반면 이미지 쪽에서는 사물 인식도 곧잘 하고 사람의 감정도 척척 알아맞히는 기술이 쑥쑥 자라나고 있었다. 텍스트의 시대는 가고 이미지와 동영상의 시대가 온다는 말이 한창이던 때였다. 학생 시절 인물 사진이나 보도사진을 전시회마다 찾아다니며 보는 것을 취미로 삼았던 나는 곧바로 사진 연구에 돌입했다. 특히 사진 속 인물들을 분석하는 것이 흥미로웠다. 제일 먼저 쓴 논문은 신문에 실린 국회의원 후보들의 얼굴에 비치는 감정을 데이터로 모은 뒤, 이것이 실제 당락과 관련이 있는지를 살펴보는 내용이었다. 아마존과 마이크로소프트에서 각기 제공하는 얼굴 인식 프로그램을 돌려 각 후보들의 대표적인 감정과 그 감정의 변화를 측정했다. 결과적으로 당선된 사람들이 유세 기간 감정의 변화가 덜한 것으로 나타났다. 분석 대상이던 국회의원 선거 때는 유독

한 정당에서 유세 중 시민들에게 사죄를 하고 절을 하는 일이 많았는데, 결과적으로 그 정당이 졌기 때문에 이러한 관련성이 나왔던 것으로 보인다. 이 논문은 나중에 한 학회에서도 발표됐는데, 얼굴 인식 프로그램을 실제 사회에 적용하는 사례가 당시에는 거의 없어서 꽤 큰 반향을 얻었다.

이러한 결의 접근이 재미있었던 나는, 얼굴 기반의 감정 인식 프로그램을 활용해 세상에 도움이 되는 도구를 만들어보고 싶어졌다. '스마트미러 프로젝트'가 그렇게 시작됐다. '라즈베리파이'라는 조그마한 기기를 작은 모니터에 연결하고, 모니터 앞에 불투명한 유리를 댄다. 거울에 온갖 정보가 뜨는 듯한 느낌을 주는 제품을 만드는 것이 목표였다. 지금은 이런 케이스를 곳곳에서 찾아볼 수 있는데, 실시간 교통정보가 뜨는 고속도로 휴게소 화장실 거울이 대표적이다.

나는 만화 〈백설공주〉 속 왕비의 거울처럼 내 얼굴을 비추는데 다른 얼굴이 나오는 거울을 만들어보고 싶었다. 다른 얼굴이 짓는 표정을 따라하며 감정을 학습하는 도구를 만들면 좋겠다는 생각을 했다. 대상은 자폐 아동. 일부 자폐 아동의 경우 '거울뉴런'이라 불리는 일종의 감정 공감 능력이 약하다고 한다. 자폐가 있는 아이들이 게임을 하듯 거울을 보면서 상대의 감정을 따라 하고, 그럼으로써 행복, 슬픔, 두려움 같은 감정을 학습할 수 있기를 바랐다. 마치 드라마 〈이상한 나라의 우영우〉에서 우영우가 얼굴 표정과 감정이 나열된 표를 보고 상대의 감정을 가늠하듯, 직접 자신의 얼굴 근육을 활용해 학습하는 도구가 있으면 좋겠다는 생각을 했다.

당시 수업에서 만나 함께 이 프로젝트를 한 팀이 정말 환상적이었다. 얼굴 인식 기술 분야의 천재 개발자가 있었고, 최종 화면으로 완벽하게 구현할 수 있는 개발자가 있었으며, 사용자의 행동을 영리하게 분석해 필요한 지점을 짚어내는 사용자 경험(UX) 연구원이 있었다. 무엇보다 우리 네 명 모두 사회적으로 좋은 영향을 줄 수 있는 기술에 관심을 두고 있었다. 이들과 함께 널리 쓰이는 감정 인식 프로그램을 활용해 거울을 만들었고, 그걸 가지고 일반인을 대상으로 실험을 진행했다. 행복과 슬픔, 두려움과 놀람의 표정을 짓게 했다. 그때 들은 말이 '슬픔에는 표정이 없다'는 것이었다.

여전히 많은 데이터가 고정관념을 바탕으로 형성돼 있다. 할리우드 스타일로 이름 붙여진 수많은 표정들은, 실제 우리가 살면서 짓는 표정과 사뭇 다를 수 있다. 서구의 방식과 우리의 방식이 다를 수도 있다. 얼굴 표정과 같은 생체지표가 감정을 온전히 설명할 수 없다는 이론도 있다. 데이터란 잘 정제되어서 세세하게 분류되어야 하는데, 표면적으로 구분되기 힘든 요소들은 데이터로서의 가치를 잃기도 한다. 설렘, 초조함, 담담함 같은 미묘한 감정을 표준화된 표정으로 담아내기는 무척 어렵다. 그런 이유로 이런 감정들은 감정 인식 프로그램의 레이블에서 대부분 제외된다.

결과적으로 우리의 '스마트미러'는 다음 단계로 넘어가지 못하고 파일럿 스터디로 마무리됐다. 여러 질문을 남겨두고, 우리는 각자의 길로 향했다.

내 폰카는
항상 '뽀샤시' 모드

대학원 생활을 하며 정말 즐거웠던 것은, 다양한 팀들과 함께 연구를 해본다는 점이었다. 연구실 자체도 타 연구실이나 업체들과 묶여 일을 하는 경우가 많았고, 개별적으로 다른 학과 수업을 들으며 받은 피드백이 연구 논문으로 이어지는 경험도 종종 있었다. 인문학도이자 사회과학도로 이십대를 보낸 나는, 그 시절 내 정신을 지배했던 학문들을 그리워한 모양이다. 인지과학 수업을 들어도 꼭 철학 수업을 함께 들었고, 연구방법론을 익혀도 질적 연구에 대한 관심을 놓지 않았다. 석사논문은 사람이 찍은 보도사진 속 편향성을 인공지능 서비스로 찾아내는 것에 대한 연구였는데, 언어학에서 내가 무척 사랑했던 통사론을 기어이 활용해서 객체들의 위치와 해당 객체의 색채를 따져 물었다. 언어의 요소들과 그 요소들의 구성이 세상의 변화를 담고 있는 것처럼, 각각의 피사체도 사진이라는 공간 안에서 분명히 질서를 가지고 있을 터였다. 그걸 대규모 데이터로 모아, 관계라는 관점에서 파악하고자 한 연구였다.

모든 연구가 마음에 남고 기록에 남아 있지만, 특히 박사과정 중에 했던 셀피selfie, 자기 자신을 찍은 사진에 대한 연구는 우리 연구진 모두가 각자의 전문성을 모아 만든 논문이었다. 동아시아의 소셜미디어 사용자들이 찍어 올린 사진들을 모은 뒤, 그 색채를 분석하는 내용이었다. 연구의 시작은 '미백' 연구를 하는 동료 박사의 논문이었다. 주로 탈식민주의 연구에서 다루는 내용인데, 동아시아에서 미백이라는 개념이 꼭 서구 백인의 하얀 피부 같은 미적인 기준을 따르지는 않는다는 것이 주요한 주장이었다. (심지어 백인의 피부는 하얗다고 볼 수 없다는 연구들도 있다.) 오히려 미백이라는 개념은 하얗다기보다는 티 없이 맑은 느낌에 가깝다고 논문에서는 말한다.

이렇게 미백을 중심으로 한 K-뷰티 연구를 함께할 수 있었다. 재료는 앞서 말한 것과 같이 모아둔 셀피들. 그런데 우리는 여기서 몇 가지 흥미로운 점을 알아냈다. 우리는 이걸 '증강된 피부 표현'이라는 개념으로 이야기했다.

이를테면 실제 내가 가진 피부 색채에서 좀 더 미백을 강화하고, 주변 환경과 대조시켜 밝게 하고, 기왕이면 이목구비도 더 뚜렷하게 보일 수 있게끔 조치를 취한다는 것이다. 우리가 흔히 하는 '뽀샵'이다.

더욱 흥미로운 것은, 우리가 가진 휴대전화가 이제는 자체적으로 '뽀샵' 기능을 탑재했다는 점이다. 요즘은 모든 휴대전화가 인공지능 기술을 활용해 인물과 배경을 더욱 잘 탐지하고, 사진을 찍는 순간 인물이 더욱 돋보이게끔 자체 보정을 한다. 어떤 미적인 가치를 바탕으로 보정을 하는지 우리는 알 길이 없다. 그래서 갈수록 우리의 모습을 그대로 찍어내는 카메라를 찾기 힘들어진다. 그런데 우리의 모습을 있는 그대로 보여주는 장치가 존재할 수 있을까? 거울만 해도 가까이서 볼 때와 멀리서 볼 때 나의 모습이 달리 보인다. 백화점의 거울은 유독 나를 늘씬하게 보여준다. 조명과 각도의 영향은 카메라에서도 똑같이 나타난다. 사춘기 시절 줄곧 찍어댔던 각종 캠 카메라와 디지털카메라, 저화질 셀피 모두 하나같이 좌측 상단에서 45도 각도로 나를 촬영하곤 했다.

기술은 사용자의 요구를 향해 발전한다. 더 많은 사람들이 쓸 수 있도록, 나아가 더 많은 사람들이 돈을 내고 쓸 수 있도록 기능이 강화된다. 셀피 연구의 목적은 결국 스스로 만족할 때까지 사진 찍는 일을 조금이라도 덜 하게 하는 것 아닐까. '잘 나온 사진'의 기준은 나에게 있지만, 그럼에도 나는 대중적인 미적 기준, 특히 소셜미디어에서 줄곧 보는 '증강된 욕망'에 은근히 세뇌돼 있을지 모른다. 우리의 휴대전화 카메라는, 그 욕망이 투영된 아름다움을 최대한 스크린 속 내 얼굴에 반영시켜주기 위해 오늘도 열심히 업데이트되고 있다.

괜찮은 팀을
만나는 일

결혼을 스물아홉 살이 되던 해 1월에 했다. 주변의 모든 이가 소스라치게 놀랐다. 일단 부모님이 무척 당황했다. 결혼은 안 할 거라던 딸이, 적어도 서른 대여섯 살은 되어야 겨우 짝을 찾아 올 것 같던 맏딸이, 갑자기 결혼을 하겠다며 호리호리한 청년 하나를 데리고 왔으니 말이다. (그것도 만난 지 세 달쯤 됐을 때 데리고 간 것이었다. 식은 처음 본 날로부터 아홉 달 뒤에 올렸다.) 친구들은 말할 것도 없었다. 인생 즐겁게 '독고다이' 하겠다던 내가 갑자기 결혼한다고 하니 반응이 이랬다. "우리가 늦은 거니?" 늦게 갈 거라 확신했던 녀석이 황급히 웨딩 숍을 드나드니 친구들도 서두르기 시작했다. 대한민국 혼인율을 높이는 방법이 여기에 있구나.

그럼 결혼을 왜 그리 일찍 했느냐? 그 시절의 나는 지쳐 있었다. 연애도 마음대로 안 됐고, 직장에서도 고달팠다. 어린 나이에 일을 시작해 어깨에 힘은 잔뜩 들어갔는데, 마주하는 세상은 죄다 '어린 여자' 취급이었다. 요새는 그래도 조금 나아졌겠지만(이렇게 판단하는 이유는, 그만큼 젊은 여성 창업자가 늘었기 때문이다), 10여 년 전 사람들은 '결혼도 안 한 아가씨가', '애도 없는 젊은 처자가' 같은 말을 쉽게 입에 올렸다. 희롱은 말할 것도 없었다. 그런 이유로 빠르게 기혼자가 되어야겠다고 성급하게 생각했다.

그때 선배 한 명이 말했다. "나는 결혼해야겠다고 마음먹었을 때 소개팅을 수십 번 했어." 그를 벤치마킹해 정말 수십 번 소개팅을 했다. 주말에는 브런치, 늦은 점심에는 티타임, 저녁에는 레스토랑 소개팅을 했다. 평일에는 낮에 취재원 만나듯 소개팅 상대방을 만나고, 저녁에는 또 다른 소개팅을 했다. 혹시 어두운 등잔 밑을 못 보고 지나칠까 봐 나의 촉수는 주변의 그늘진 모든 구석까지 뻗쳐 있었다. 마음에 드는 관상을 가진 자에게 슬쩍 들이대 보기도 하고, 상대는 전혀 몰랐겠지만 내 마음속에선 그를 나의 그물망에 가둬두기도 했다. 물고기 하나, 물고기 둘……. 그렇게 내 '마음속 어망'에 물고기를 네 마리쯤 잡아두었을 때, '수십 번 소개팅을 했다던' 선배가 소개해준 남자, 그러니까 다섯 번째 물고기와 결혼했다. (진작 소개해주시지……)

서울 시내 밥집의 내수경제 활성화를 그렇게 적극적으로 해내던 스물여덟의 봄은 서른여덟의 봄에도 영향을 주었다. 다른 관점에서 새로운 짝을 찾고 있기 때문이다. 투자회사의 일은 기본적으로 '투자'로 이야기되어야 한다. 좋은 팀을 잘 찾아내고, 그 팀이 계획을 잘 진행할 수 있도록 보탬을 주고, 궁극적으로는 팀과 잘 헤어지는 것(투자 회수)이 우리의 일이다. 그래서 투자는 종종 '이혼을 향한 결혼'으로 빗대어진다.

그럼 그 첫발을 내딛는 '좋은 팀 찾기'는 어떻게 하느냐. 위에서 말한 선배의 말처럼 '수십 번' 만나봐야 한다. 그러기 위해서는 '나는 지금 짝을 찾고 있어요'라고 소문을 내야 한다. 그래야 소개도 들어오고, 찾아오는 사람도 생긴다. 그런데 기왕 만나는 거, 서로의 시간과 가성비를 생각하면 잘 연결되는 것이 중요하다. 마치 "이상형이 누구예요?"라고 묻듯, 투자사에게도 "주로 어떤 회사를 찾나요?"라고 묻는다. 여기에 대한 답을 정리하는 것이 투자 철학이다.

이상형, 아니 철학에 꼭 맞는 창업자들과 연락이 닿으면 그때부터 절차를 거친다. 창업자 입장에서 보면, 처음 소개받은 직원(심사 역 또는 파트너)과 가볍게 사업 내용을 이야기하는 테이블 미팅, 투자사 직원이 보기에 투자 철학과 어울리고 투자 가치도 있어서 창업자를 팀에 소개하는 팀 미팅, 투자사 직원이 팀 전체에 투자하자고 설득하는 과정인 투자심사위원회(줄여서 '투심'이라고 한다), 이후 실사를 거친 뒤 계약에 이르는 것까지가 큰 틀에서의 투자 과정이다. 가만 보니 소개팅하고 상견례를 거쳐 혼인 신고 하는 것과 비슷해 보이긴 한다. 아무튼 이 기간이 짧게는 한 달, 길게는 몇 개월도 간다. 우리는 되도록 창업자들이 사업에 온전히 집중할 수 있기를 기대하며 기간을 짧게 가져가려고 하지만 뜻대로 안 될 때도 꽤 많다. 늘 송구스러울 따름이다.

일반적인 스타트업들의 투자 단계를 잠깐 설명하자면, 처음 엔젤 투자(아이디어 단계)를 받고 이후에 시드 투자(시장에 제품을 선보이는 단계)와 시리즈 A, B, C를 거쳐 인수합병(M&A) 또는 상장(IPO)을 한다. 단계들이 중간중간 쪼개지기도 하고, 시리즈 G까지 가면서 상장이 미뤄지기도 하고, 갑자기 인수합병되기도 한다. 물론 중간에 사업을 접는 일도 허다하다⋯⋯. 내가 있는 조직은 주로 초기 시드 투자 단계에 있는 회사들을 선호한다. 창업자들과 사업 초기부터 밀접하게 붙어서 어떻게 가치를 높일 수 있을지

궁리하는 조직원들로 주로 구성돼 있어서다.

'수십 번'의 만남을 성사하기 위해선 온 우주의 힘이 필요하다. 주변의 소개를 받기도 하지만 외부 투자사, 대학 기관 또는 정부 기관의 행사에서 만나는 일도 많다. 요새는 대학원생과 교수 창업도 많아서, 주요 대학 연구실의 창업 소식에 귀 기울이는 일도 많다. 우리 회사는 해외 스타트업에도 투자를 하고 있어서, 간간히 해외 스타트업 페어에 가거나 해당 국가의 벤처캐피털을 만나 소개를 받는 일도 있다. 나 같은 경우에는 평소 존경해온 AI 분야 교수님을 찾아가 제자들 또는 협력 중인 회사를 소개받기도 하고, 직접 발굴하러 데모데이Demoday, 스타트업들이 자신의 제품이나 아이디어를 투자자들에게 빠르게 발표하는 자리에 가는 일도 많다. 앉아 있는 것보단 발품 파는 것이 훨씬 재밌다. 한번은 대학 수업의 멘토링을 했다가 멘티였던 학생들이 스타트업을 소개해준 적도 있었다.

꼭 맞는 스타트업을 여럿 만났어도, 심사 역이 투자 팀을 설득하는 데 실패할 수도 있고, 계약 조건이 도저히 맞지 않아서 딜이 '부러질' 때도 있다. 이번 라운드에서는 아쉽게 성사되지 못했지만, 다음 라운드에서는 필히 연을 맺어보자고 이야기할 때도 있다. 도장만 찍으면 되는 상황에서 갑자기 다른 벤처캐피털이 높은 회사 가치를 제시

하며 큰돈을 들고 들어와 딜이 뭉개질 때도 있다. 더 이른 단계에서 만났으면 좋았을 텐데, 하고 입맛만 다시는 팀도 있다. 투자의 연을 맺었으나 사업이 잘 풀리지 않는 경우도 있다.

하지만 연을 맺어 정말 다행이라고, 이 창업 팀이 현실에서 가치를 구현하는 걸 가까이서 볼 수 있어 너무 행복하다고 생각할 때도 많다. 투자자는 결혼하는 부부처럼 창업자와 나란히 뚜벅뚜벅 앞으로 걸어간다고 한다. 그런데 사실은, 그를 곁눈질하며 나도 한 뼘씩 커간다. 당신은 대단해, 우리는 함께 잘해낼 거야. 계속 긍정의 메시지를 주며 더 잘 뻗어나가보자고 힘을 북돋는 것이 상대와 팔짱을 낀 우리의 일이 아닐까 싶다.

괜찮은 팀을
알아보는 일

내 혈관에는 오지랖의 피가 흐른다. 할머니는 아흔이 넘어서도 뉘 집에 수저가 몇 개인지 꿰고 있었고, 아버지는 여행지에만 가면 꼭 그렇게 다른 테이블에 앉은 사람들의 개인사를 알아온다……. 별로 자랑하고 싶은 내력은 아니지만, 그 피가 어디 가지 않고 나에게 남아 있는 탓에 나도 남들에게 종종 참견을 한다. 가령 연애를 하고 싶지만 만나는 이는 없는 친구나 후배, 선배를 만나면, 그의 의도와는 전혀 상관없이 함께 머리를 맞댄다.

이때 늘 주의할 것이 있다. "어떤 사람을 만나고 싶은지 조건 딱 하나만 말해봐"라고 하면 정말 '하나'를 말한다. 그 하나를 곧이곧대로 들으면 안 된다. 추론을 해야 한다. "내가 키가 큰 편이라 상대방도 좀 컸으면 좋겠어"라는 말을 들었다면, 그냥 훤칠한 사람을 데려다놓아선 안 된다. 저 말의 이면에는 상대의 큰 키나 오라에도 주눅 들지 않는, 자신감이 있으면서도 활기 넘치는 사람을 눈앞에 데려다놓으라는 메시지가 숨겨져 있다(고 나는 해석한다). 내 경우에는 "수학 잘하는 공대 사람"이라고 조건을 내걸었는데, 이게 꼭 셈을 잘하는 사람을 데려다놓으라는 뜻은 아니었다. 머리가 팽팽 돌아가는데 은근히 너드 같은 매력도 있는 그런 사람이라는 뜻이었다. 결론적으로 이론 수학만 잘하는 사람을 만났다……. 어디에서 커뮤니케이션 미스가 있었던 것일까.

상대의 '하나'를 듣고 추론했다면, 그다음부터는 내 데이터베이스에 있는 이들을 매칭해본다. 머릿속으로 탐색자(내 친구)와 데이터(짝지어줄 인물)가 나란히 서 있다고 생각한 뒤 관상학적으로 어울리는지도 살펴본다. 여기서 갑자기 왜 관상이냐 하면, 그동안 두 커플을 결혼까지 시키고 나서 보니 이들이 서로 꽤 닮아 있었기 때문이다. 생김새는 달라도 분위기가 비슷한 느낌으로 어울리는 짝을 매칭할 수도 있다. 그래, 과학적으로 생김새의 유사도가 높지 않더라도, 감感이 비슷한 사람들이 있지. 이런 걸 '사람 보는 눈'이라고 하던가.

이 가설에서 시작한 연구가 하나 있다. 「보는 눈 있다The

Eyes Have It!」라는 제목의 논문인데, 박사 1년 차이던 어느 날, 기계도 이런 감을 추론해낼 수 있지 않을까 싶어서 실험한 것이었다. 내용은 이랬다. 미국여자프로골프투어(LPGA) 선수들은 매주 나흘 동안 4라운드의 경기를 치른다. 매 라운드가 끝나면 그날 잘 친 선수들을 중심으로 인터뷰를 한다. 그럼 이 선수들은 다음 날 경기도 잘할까? 그걸 인터뷰에서 드러낸 표정 같은 걸로 추론할 수 있을까? 이게 사람이 알아맞히는 것보다 얼마나 더 정확할까?

결과적으로 기계는 패턴을 토대로 적당한 수준의 정확도를 보였다. 골프를 어느 정도 아는 사람이 내는 결과와 비슷했고, 골프를 모르는 사람이 하는 예측보다는 잘 맞혔다. 그렇다면 기계에게 더 많은 메타데이터, 그러니까 인터뷰를 하는 선수 개개인의 데이터를 결합하면 더 높은 정확도를 낼 수 있지 않을까? 가령 아시아 국가 출신 선수들은 감정을 크게 드러내지 않기 때문에, 표정을 지표로 쓰는 것이 정확도에 보탬이 안 될 수도 있을 테니 말이다. 데이터값이 다소 부족하기는 했지만, 결과적으로 메타데이터를 반영한 결과는 단순히 표정만 볼 때보다는 더 나은 정확도를 보였다.

논문의 기여점은 '하나만 보지 말고 다 봐야 안다. 그건 기계도 마찬가지다'라는 지점이었다. 보는 눈 있는 사람들은 사실 보이는 것 너머의 여러 데이터를 종합적으로 파악하고 분석할 줄 아는 사람들이다. 근래의 여러 AI 기술이 비약적으로 발전할 수 있었던 것도 더 많은 데이터를 포괄적으로 분석할 수 있는 기술적인 저변이 마련되었기 때문이다. 근래 감성 컴퓨팅Affective Computing 분야에서 지속적으로 논의돼왔던 건, 바이오마커Biomarker라고 일컬어지는 생체지표들만을 가지고 개인의 감정을 추론해서는 안 된다는 주장이었다. 문화적인 이유로, 개인이 처한 환경 때문에, 혹은 신체적인 이유로 감정 변화를 일으키는 방식이 다를 수도 있기 때문이다. 심리학자 폴 에크만이 개발한 기준으로 사람의 얼굴을 분석하고 감정을 추출하는 건 결코 표준이 될 수 없다는 주장이 곳곳에서 나오기 시작했다. 하지만 여전히 많은 얼굴 인식, 감정 분석 서비스들은 적당히 손쉽고 편리하다는 이유로 이 지표를 쓴다. 이만큼의 단순함과 간편함을 넘어설 기준이 나올 날을 기다리고 있었는데, 생성형 AI 기술이 포괄적으로 감성을 역추론할 수 있는 새로운 방법론을 슬쩍 제시해주고 있는 것 같아서 기대하고 있다.

투자에서도 마찬가지다. 괜찮은 팀을 알아보려면 정말 많이 들어보고, 될 수 있는 한 오래 상호작용하며, 지속적으로 파봐야 한다. 그런데 우리에게도, 창업자에게도 시간이 없다! 그래서 정말 관상을 보듯 빠르게 훑고, 레퍼런스 체크를 열심히 하고, 팀이 만든 서비스를 시시때때로 써보며 사용자가 되어보고, 팀이 타깃으로 하는 시장을 정수리에서 김이 날 정도로 분석하고 쪼개본다. 그렇다. 우리가 투자하는 건 단지 그 팀만이 아니다. 팀이 만드는 생태계, 그렇게 만들어질 세상, 그것이 만들어낼 가치에 공감하며 투자라는 행위로 함께하는 것이다. 이 팀이 그 그림을 잘 만들어갈 수 있을까? 정말 그 가치를 추구하는 게 맞을까? 그걸 알아내기 위해 우리는 계속해서 질문을 만들고 건넨다.

2   미래를 만드는 사람들

이 세상에
'혼자서도 잘해요'는 없다

방송국에 새로 입사한 지 얼마 안 된 때였다. 방송계에서 퍽 유명한 선배가 새로운 얼굴들을 하나하나 익혀가며 개인적인 조언을 해주는 자리가 있었다. 한 명 한 명에게 맞춤형 조언을 해주던 선배는 나에게 "스킨십을 하라"고 했다. "네? 스킨십이요?" 동공이 떨렸다. 나로 말할 것 같으면, 누군가와 털끝 하나 닿는 것도 그다지 좋아하지 않는 스타일이다. 친한 친구 중 하나는 꼭 손을 잡을 때 깍지를 끼는데, 10여 년 전에 내가 그것을 영 껄끄러워한 이후로는 줄곧 물리적 거리 두기를 실천해주고 있다. 집안 내력인 것 같기도 하다. 엄마와 손을 잡은 기억도 가물가물하다. 간지러운 얘기도 잘할 줄 모른다. 그런 내게 낯선 자들과의 스킨십을 이야기한 것이다.

선배가 말한 '스킨십'의 의미는 약간 달랐다. 그러니까, 곁을 좀 내어주라는 뜻이었다. 겉으로는 살갑지만 속내는 열어주지 않는 내 모습을 슬쩍 들킨 것이었다. 첫 직장은 너무 '가족 같은' 분위기여서 종종 껄끄럽고 아쉬운 일들을 겪었다. 그 이유로 두 번째 직장에서의 인간관계는 '불가근 불가원不可近不可遠'을 원칙으로 삼던 참이었다. 어차피 직장은 일하러 오는 곳이고, 돈독해져봐야 함께 일하며 마음 상할 일, 거절 못 할 일만 더 생길 것 같았다. 폐를 끼치는 것이 싫은 만큼, 남의 부탁을 받아줄 만한 마음의 여유도 없었다. 다 핑계 같지만, 그때의 나는 그랬다.

몇 년을 언론사에 머물며 천천히, 그리고 강력하게 배운 것이 있다. 바로 협업이다. 신문사에서는 나 혼자 취재를 가서 기사를 쓴 뒤 부장의 최종 편집을 거쳐 발행되는 것이 일상이었다. 방송국에서는 조금 달랐다. 나설 때 벌써 덩치가 달라진다. 나만 현장에 가서는 안 되고, 영상취재 기자와 오디오 기자가 있어야 한다. 우리를 인도할 운전기사도 필요하다. 찍어 온 것을 잘 편집해줄 편집기자도 붙어야 하고, 적절히 그래픽을 넣기 위해 CG팀 디자이너도 필요하다. 가끔 기획기사에는 음악이 붙기도 하는데, 이를 위한 음악감독도 있다. 혼자 뻣뻣하게 굴었다가는 내가 생각한 콘텐츠가 나오기 힘들다. 기사 기획과 취재, 텍스트 작성과 영상 구성에 대한 큰 그림은 내가 책임지지만, 팀원들의 작업 스타일을 충분히 파악하고 그에 맞춰 정확하게 내 요구 사항을 전달하는 것도 중요하다. CG 디자인의 경우 도저히 말로 표현이 쉽지 않아 도안을 어설프게라도 그려 가면, 담당 디자이너는 훌륭한 그래픽으로 재탄생시켜주곤 했다. 이때 이후로 숱한 직종 가운데 특히 그래픽디자이너들을 정말 좋아하고 존경하게 됐다. 훌륭한 협업으로 탄생한 콘텐츠들은 정말 티가 난다. 기사에 스며든 각자의 애정이 눈에 보인다. "우리 이거 제대로 만들어봅시다"라는 말을 굳이 안 해도 서로 의욕적으로 통할 때가 있다.

대학원에 진학하면서 인간과 기계가 잘 협업하는 법을 연구하게 됐다. HCI 분야 안에는 '협업'이라는 분과가 있는데, 여기에는 인간이 특정 시스템이나 AI 프로그램을 거부감 없이 잘 활용해서 원하는 산출물을 만들어내는 내용이 포함된다. 또 한편으로는 인간과 인간의 협업에 기계가 매개로서 잘 작동할 수 있도록 하는 내용도 담겨 있다. 이를테면 AI를 창작 도구로 활용할 때 어떻게 하면 디자이너들이 더 쉽게 자신의 의도를 전달할 수 있을지 툴을 설계하는 연구도 있고, 조직 내에서 직원 간 커뮤니케이션을 촉진하기 위해 새로운 채팅 툴을 디자인하거나,

공간 설계를 데이터 기반으로 다시 하는 연구도 있다.

　기계의 힘을 빌려가면서까지 사람 간 협업을 촉진하려는 이유는, 협업이 정말 효과가 좋기 때문이다. 대학원에서도 제아무리 똑똑한 학생일지라도 혼자 하는 것보다는 팀을 평화롭게 잘 조직해 함께하는 것이 여러모로 효율적이다. 이는 내 얘기이기도 하다. 방송국에서 경험을 하고도 어쩐지 공부는 혼자 해야 하는 것 같아서 주변 동료들에게 내 연구 팀에 들어오라고 설득할 타이밍을 놓쳤다. 그사이 박사과정에 있던 다른 동료는 꽤 견고한 팀을 꾸려두었다. 코딩을 할 사람, 사용자 분석에 재능이 있는 사람, 디자인을 할 사람, 마지막에 문장과 영어 표현들을 봐줄 사람 등 논문 작성에 필요한 친구들을 잘 조직해냈다. 물론 과정은 어렵다. '혼자 하고 말지' 싶을 정도로 답답한 일이 벌어질 수도 있다. 나의 경우 가장 어려운 건, 무엇을 시켜야 할지 스스로도 정리가 안 된다는 것이었다. 그게 바로 기획력이고 리더십이었구나 싶다. 방향을 제대로 잡고, 선원들을 함대 적재적소에 배치하는 일. 결코 쉽지 않은 일이지만, 경험적으로 보건대 그 과정 끝의 열매는 달다.

　그래서 우리는 창업자들을 볼 때도 팀을 본다. 제아무리 유능한 창업자여도, 조직을 만들지 못하면 사업을 키울 수 없다. 사업이 커졌을 때 필요한 사람들을 영입하지 못할 수도 있고, 훌륭한 인재들을 놓치게 될 수도 있다. 내가 아는 한 이 세상에 '혼자서도 잘해요'는 없다. 조금 번거롭고 귀찮아도, 곁을 내어 조력자를 모셔야 한다.

문제를
해결하는 사람들

개인적으로 눈물을 줄줄 흘리게 되는 장면이 세 가지 있다. 김연아 선수가 푸른 옷을 입고 밴쿠버올림픽 프리 부문을 완벽하게 마친 뒤 눈물을 터뜨리던 장면은 울고 싶을 때 다시 찾아 볼 정도로 감동적이다. 영화에서 주인공이 팀을 이뤄 역경을 이겨내고 기어이 목표를 달성하는 장면을 보면 시쳇말로 '폭풍 오열 각'이다. 그리고 아침 뉴스에 나오는, 힘을 합쳐서 트럭을 들어 아이를 구한 시민들이나 보이스 피싱 범죄를 막아낸 은행원 같은 이들을 보면 종일 눈물이 나서 출근을 못 한다. 세상 곳곳에 별처럼 박혀 있는 영웅들의 이야기를 접하면, 이렇게나 위대한 사람들과 한 시대를 산다는 것이 황홀하다. 몸을 움직여서 선하게 문제를 해결하는 사람들에게 반하지 않을 이유가 없다.

임팩트 투자 분야에도 묵묵히 문제를 해결해가는 사람들이 있다. 시력이 낮은 시각장애인들을 위해 전 세계의 사람들이 실시간으로 작은 글씨를 타이핑하고 사물을 설명해주는 앱(비마이아이즈)도 있고, 계단 문턱을 넘기 힘든 휠체어 이용자들을 위해 지도를 새로 만드는 팀(계단뿌셔클럽)도 있다. 기후 위기 문제에 대응하기 위한 움직임도 점점 커지고 있다. 화력발전 대신 신재생에너지를 대안으로 찾는가 하면, 제조 과정에서 나오는 탄소를 포집해 배출량을 줄이는 노력도 있다. 소를 키울 때 발생하는 탄소 배출량을 줄이기 위해 대체육과 대체 우유를 만들거나, 분리수거의 효율을 높여 재생 가능한 소재로 만드는 사람들도 있다.

많은 문제가 그러하듯 사실 한 회사만 잘한다고 해서 문제를 규모 있게 해결하기는 어렵다. 분리수거를 잘하는 것만으로는 당장 지구의 평균기온이 1.5도 넘게 올라가는 일을 막기 쉽지 않다. 기후 문제를 둘러싼 모든 요소가 충분히 해결되어야 동시다발적으로 시스템 전체의 문제를 해결할 수 있다. 그러다 보니 전 세계적으로 기후 위기 섹터로 묶이는 영역에는 산업계뿐 아니라 연구소, 국제기구, 정부, 시민사회단체, 그리고 자본(투자회사)도 얽혀 있다.

임팩트 투자사들은 특정한 목표를 가지고 펀드를 만든다. 기후 위기의 예를 이어가자면, '기후테크C-tech 펀드' 같은 상품을 만드는 것이다. 여기에는 이 문제를 정말 풀어야 한다고 생각하는 많은 자본이 몰린다. ESG기업의 비재무적 요소인 환경·사회·지배구조 차원에서 힘을 보태거나 파트너를 찾으려는 기업들도 여기에 함께 참여한다. 투자사는 펀드에 모인 돈을 가지고 이 문제를 잘 해결할 수 있는 스타트업들에 투자한다. 스타트업들 입장에서는 자본을 얻는 동시에 든든한 파트너들도 확보한다. 또한 같은 펀드에서 투자를 받은 동료 스타트업 대표들과도 네트워크를 이룬다. 펀드가 커지고 핵심 의제에 공감하는 이해관계자가 늘어날수록, 해당 산업도 커질 수 있고 문제 해결 속도에도 힘이 붙는다. 그러다 보면 언젠가는 모두가 목표로 했던 바를 다 함께 이루게 될 것이고, 그 지점에서 나는 또 눈물을 쏟을 수도 있겠구나 싶다.

문제를 정의하고, 판을 짜고, 해결할 수 있는 사람들을 모으고, 실제 이행에 이를 수 있도록 돕는 일은 복잡한 일이다. 큰 그림을 그려 그 안에 필요한 역할들을 빠르게 정리하고 그에 맞는 팀을 투입해야 한다. 전략적으로 가장 빠르게 문제를 해결할 루트를 탐색하고, 발생 가능한 리스크들도 생각해야 한다. 이 어려운 걸 해내는 주변 사람들의 이야기를 들을 때마다 항상 감탄한다. 100년 뒤에 이 시절에 대한 책이 나온다면 주인공이 될 사람들과 함께 일하고 있는 것 아닐까 싶어 전율하기도 한다.

그런데 문제를 푸는 사람들을 곁에 두어서 좋은 이유는 사실 따로 있다. 이들은 정말로 긍정적이다. 무조건 잘될 거라는 낙관주의와는 다르지만, 뭐라도 해결할 수 있다고 생각한다. 안 될 수도 있지, 하지만 할 만큼 해보자. 그 마음이, 그 에너지가, 그렇게 번지는 시너지가, 사람을 그토록 설레게 한다.

고민을 듣는 일과
문제를 해결하는 일 사이

평소에 고민을 자주 공유하는 한 스타트업 대표가 어느 주말 큰 곤경에 처했었다는 사실을 느지막이 알게 된 일이 있었다. 앱의 구동이 갑자기 멈추면서 고객들이 큰 불편을 겪었더라는 것이다. 한 번의 이런 큰 사고가 상당한 규모의 고객 이탈을 일으킬 수도 있다. 해당 스타트업에서는 발등에 떨어진 불을 끄느라 정신이 없었고, 내게 소식이 전해진 즈음엔 다행히 고비를 넘긴 상태라고 했다. 개발 경력이 많은 전문가를 급히 찾아 컨설팅을 받은 덕에 겉으로 드러나 보이지 않았던 문제들도 꽤 알아낸 모양이었다. 나는 '힘들 때 도움이 못 되어 미안하다. 다음에는 꼭 도움이 될 테니 편히 알려달라'고, 퍽 늦게 그 창업자에게 문자메시지를 남겼다.

© 전예슬 | 『학습하는 직업』 **마음산책**

독자님은 챗GPT와 대화해보셨나요. 알파고에 이어 챗GPT가 등장하면서 인공지능 기술은 이제 변수가 아닌 상수가 되었습니다. 『학습하는 직업』의 유재연 저자는 AI 기술의 발전과 미래라는 파도를 최전선에서 맞이합니다. 유재연 저자의 커리어는 AI 기술이 불러올 미래처럼 변화무쌍합니다. 언론사 기자로 일하다 AI 분야를 공부하는 연구자를 거쳐 사회적 기업에 주로 투자하는 벤처캐피털의 AI 전문가가 되었지요. 인공지능 기술로 사회문제를 해결하려는 스타트업의 가능성을 타진하는 업무를 맡고 있습니다. 요컨대 사회와 인간의 언어를 연결하다. 인간과 기계의 언어를 연결하고, 다시 기계와 사회의 언어를 연결하는 일을 하게 된 것입니다. 그래서인지 저자의 언어는 변화의 충격을 직접 겪어본 사람만이 품을 수 있는 생기로 가득합니다. 미래에 대한 근거 없는 희망 대신 현실에 기반을 둔 경험적인 낙관으로 자신의 일과 앞으로의 시대적 변화를 마주합니다.

'학습하다'라는 동사는 때로 정적이고 지루하다는 인상을 주기도 하는데요. 『학습하는 직업』을 읽으며 이 단어의 새롭고 역동적인 면모를 발견하시길 바랍니다.

마음산책 드림

그날의 사건은 나에겐 가슴이 쿵 하고 내려앉던 순간이었다. 평시에는 드러나지 않던 의존의 문제가 전시에서 투명하게 드러났다. 감정적으로는 믿고 고민을 나눌 수 있는 사이지만, 정작 급한 일이 터지면 그다지 기능적으로 역할을 해내지 못한다고 본 걸까? 당연한 일일지도 몰랐다. 나는 내 손으로 창업을 해본 적도 없고, 개발자로서의 커리어를 지닌 것도 아니니 말이다. 명치끝이 아렸다.

그런데 가만 생각해보니 우리는 서로 자신이 "무엇을 잘하는지"에 대해 이야기를 나눈 적이 없었다. 정확히는, 내가 어떤 도움을 줄 수 있는지 구체화한 일이 많지 않았다. 내가 속한 조직이 투자한 어느 회사 임원들과 밥을 먹는 자리에서도 비슷한 이슈가 있었다. "저희가 도울 일이 있으면 언제든 알려주세요"라는 말은 늘 우리가 탑재한 진심 가득한 메시지 중 하나다. 그런데 그 말에 대해 처음으로 "그러면 어떤 것을 도와주실 수 있으세요?"라는 질문을 받았던 것이다. 그때 나는 다소 싱겁게 답을 했던 것 같다.

자격지심이 스멀스멀 올라왔다. 내가 정확히 어떻게 도와줄 수 있는지 정의 내리는 작업에 착수했다. 그리고 그 작업들이 정말 스타트업에 도움이 될 만한 것인지 조목조목 따져보기 시작했다. 시스템 구조를 들여다보고 개발에서 부족한 요소를 메우는 것은 내가 할 수 있는 일이 아니다. 하지만 데이터를 뜯어보고 고객을 특정해 전략을 짜는 것은 꽤 해낼 수 있다. 그런데 그 능력은 데이터가 충분하지 않거나, 현장에서 더 많은 고객 접점이 나타나는 초기 단계 스타트업에게는 다소 뜬구름 같은 이야기다. 재무나 법률적인 부분을 조언하는 것도 내 영역이 아니다. 언론 홍보나 사람 소개는 도울 수 있지만, 그것도 나의 주요한 역할은 아니다.

그렇게 골치 아파하던 나에게, 유독 정의를 잘 내리기로 유명한 동료가 무얼 그리 고민하느냐며 한마디 했다. "AI 전문가잖아요. AI에 대해 투자업계에서 그 누구보다도 잘 이야기할 수 있는 것 아니에요?" 물론 그 정도는 아니라고 말하고 싶었다. 하지만 그의 말이 일견 옳기도 했다. 나의 역할 자체가 AI에 대해서 지속적으로 들여다보고, 시장을 감지하고, 빠르게 서비스에 적용하는 일이니 말이다. AI 모델을 만들고 사업 방향을 설계하는 것은 어차피 창업자와 팀의 몫이다. 투자자로서 우리는 필요한 인력을 빠르게 찾아주고, 시장의 흐름을 분석해 정보를 제공하고, 그 팀이 놓치고 있을 법한 기술적인 이슈들을 지속적으로 알려주는 것이 주된 역할이다. 그러니 창업자 팀이 앞을 보고 달려가는 동안, 나는 그 옆에서 보폭을 맞추어가며 계속 연구하고 세상 돌아가는 것을 파악해야 한다. 그것이 내가 제공할 수 있는 주된 가치다.

그러나 이것만으로는 어쩐지 아쉬운 감이 있었다. 직접적이지 않은 기분이랄까. 그런 와중에 주말에 곤경에 처했던 그 대표에게서 전화가 왔다. 앞으로 세 시간 안에 기술적인 문제를 해결해야 하니 도와달라는 것이었다. 인생에 세 번의 기회가 온다고 했던가. 나는 이 문제를 필히 해결해야만 했다. 마침 내가 대략적으로 아는 기술과 얽힌 이슈였다. 한 시간 반 동안 카페에 앉아 서비스를 뜯어봤다. 세 시간 안에 곧바로 코드를 고쳐 반영하기엔 안정성 측면에서 위험도가 너무 높았다. 이런 때일수록 내가 가진 모든 능력을 총동원해야 했다. 놀랍게도 나에겐 꽤 높은 수준의 잔머리가 있었다. 앱에 들어온 사용자에게 어떤 우회 방법을 제시하면 될지를 촘촘하게 캤다. 그것이 조금은 도움이 되었는지, 해당 회사에서는 이 우회적인 플랜 B로 시간을 벌고, 이후에 문제를 근본적으로 바로잡는 프로세스를 잘 진행했다고 들었다.

여전히 나는 곳곳의 창업자들에게서 다양한 고민을 듣고 있다. 그들의 비전을 믿어주고, 그들의 고민을 잘 듣는 것도 미덕이겠지만, 그들이 처한 문제를 빠르게 해결하는 마법을 부리고 싶은 욕구는 여전하다. 일촉즉발의 상황에서 잔

머리는 가끔은 유용할지 몰라도, 문제를 뜯어고치는 근본적인 대안은 되지 못한다. 그래서 항상 공부해야 한다. 손으로 많이 만져보고, 눈으로 자꾸 뜯어보고, 엉덩이를 붙이고 앉는 학습 모드가 중요하다는 걸 자꾸 느낀다. "정말 도움이 됐어요"라는 창업자들의 말에 스스로가 성과를 의심하지 않는 그런 날이 언젠가 꼭 오기를 바랄 따름이다.

낯선 사람을
마주하는 용기

　어떤 행동을 할지 말지 결정할 때, 일반적으로 이동에 드는 시간과 돈, 할당되는 에너지 등 다양한 비용에 대해 생각하게 된다. 비용을 줄이기 위해 해당 장소에 있는 사람에게 전화로 물어볼 수도 있고, SNS에 실시간으로 올라오는 장면들로 상황을 알 수도 있다.

　그런데 이렇게 비용을 아끼려다 한 차례 뼈아픈 실수를 한 적이 있었다. 기자로 일할 때였다. 신종플루가 창궐하던 상황에서 오프라인 행사를 강행한 사건을 보도했다. 아무리 행사장에 충분히 위생 설비를 준비해두었다 해도 이미 비판 여론이 거셌다. 믿을 만한 제보를 기반으로 기사를 썼는데, 도무지 현장에 갈 짬이 나지 않아 직접 현장을 둘러보지는 못한 채 출고를 했다. 주최 측에서 당연히 반발하며 연락이 왔다. 여러 반박에 조목조목 잘못된 지점을 언급하며 대응했지만, 마지막 한마디에는 제대로 답을 하지 못했다. "직접 안 와보셨잖아요"라는 말이었다. 그땐 워낙 어린 기자이기도 했고, 효과적으로 대처할 만한 말주변도 부족했다. 그때의 경험 덕에 나는 지금도 웬만해선 꼭 현장을 찾아가서 필요한 사람을 만나는 데 시간과 에너지를 쏟는 편이다.

하지만 모든 일에 다 사람을 만나가며 물리적 거리를 좁힐 수는 없다. 그래서 가성비 좋게, 훨씬 효율적으로 움직이기 위해 충분히 신뢰할 만한 조력자를 최대한 많이 확보하는 것이 중요하다. 한두 사람의 의견이 특정 사건이나 특수한 시장을 다 대표할 수는 없기 때문에, 되도록이면 통찰력 있는 사람을 곁에 두거나 혹은 분야별로 여러 사람을 알아두는 것도 좋다.

투자업계도 사람을 다양하게 알아야 하는 곳 중 하나다. 특히 내가 속한 조직은 AI로 기존 산업의 문법을 바꾸려는 여러 회사들과 접점이 많다. 그래서 어떨 땐 차량 공유 업계에 대해 잘 알아야 하고, 또 어떤 때엔 교육 업계에 대해 이야기가 통할 수 있어야 한다. 적어도 창업자들과 충분히 공감하며 소통할 수 있으려면, 해당 업계의 유행도 잘 알아야 하고, 창업 팀이 깜빡하고 지나칠 수 있는 시그널도 알려줘야 한다. 의류를 탁월하게 유통하는 웹사이트를 운영하는 회사와 만났다고 가정해보자. 이 업체는 가장 인기 많은 의류 브랜드 섭외에 몰두할 수 있다. 왜냐하면, 유명한 브랜드가 유통망에 들어왔을 때 더 많은 고객들이 유입될 수 있으니 말이다. 이럴 때, 회사는 자신들의 본질인 '탁월한 유통'을 깜빡 잊고 있을 수 있다. 상품을 빠르게 배송하고 재고를 효율적으로 관리하는 노하우, 매출을 끌어올리는 큐레이션과 든든한 자체 상품 라인업이 회사를 지탱해온 힘일 수 있다. 단순히 좋은 브랜드들만 모아둔 의류 웹사이트는 결국 백화점이나 다른 오픈마켓에 비해 큰 경쟁력을 가질 수도, 더 나은 수익도 낼 수도 없으니 말이다.

이런 이야기들을 어느 분야에서든 설득력 있게 주고받기 위해선 결국 업계의 사람들과 더 많은 접점을 만들어야 한다. 한동안 페이스북 같은 SNS가 이런 접점을 잔뜩 마련해줬다. 나도 페이스북을 통해 믿을 수 있는 분들을 지속적으로 만나고 있다. 기자 생활을 하며 취재원으로 만났던 경찰, 검찰 관계자들은 어느덧 은퇴를 하고 학교에서 후학을 양성하거나 책을 쓰며 제2의 삶을 살고 있다. 옛 기자동료 가운데는 주변의 소소한 이야기를 모은 웹툰을 그려 폭발적인 인기를 끌고 있는 친구도 있고(웹툰을 보고 난 뒤

한참 지나 그 작품의 작가가 동료라는 사실을 알았다), 노벨평화상을 받은 한 NGO의 한국 사무소로 이직해 세계 평화를 강조하는 메시지를 툭툭 전달하는 친구도 있다.

새로운 친구들도 많이 알게 됐다. 그런데 '페북 친구'라 할지라도, 오프라인에서 한 번쯤은 봐야 한다는 것이 내 철칙이다. 내 주변에서 가장 씩씩하고 야무진 친구가 하나 있는데, 이 친구도 페이스북에서 만났다. 글을 맛깔나게 써서 꼭 한번 만나보고 싶던 친구였다. 그 친구와 처음 만난 날은 잊을 수 없다. 다른 지인을 포함해 셋이서 만났는데, 낮부터 합정동 어느 노포에 앉아 셀 수 없는 양의 '한라산' 소주를 밤늦도록 마셨더랬다. 근 5년이 지난 지금은 소주 없이도 고민을 털어놓는 사이가 됐다.

SNS의 장점은 근황을 수시로 업데이트하면서, 10년 전에 봤어도 어제 본 것 같은 낯익음을 느낄 수 있다는 점이다. 그러니 오랜만에 만나도 스스럼없이 대화가 가능하다. "넌 정말 그대로다"라는 말을 들을 수 있는 것도 덤으로 좋다. 이런 말을 들을 수 있는 이유는, 꾸준히 늙어가는 내 모습을 정말 꾸준히 업데이트하기 때문이다. 그들이 최근에 본 사진과 실물이 크게 차이가 없으니 '그대로'인 것이다. 업계 돌아가는 이야기가 궁금하거나, 모르는 것을 마주했을 때 메시지를 보내고 싶은 사람들이 있다는 것 자체가 정말 큰 힘이 된다. 시장조사를 위한 훌륭한 표본들이 사이버 공간 곳곳에 점처럼 흩어져 있다.

역지사지라 했다. 사람을 만난다는 건, 나도 준비가 돼있어야 한다는 거다. 상대방의 입장에서 나 또한 도움이 될 수 있어야 한다. 그런 이유에서 나는 본업에 더욱 충실해야 한다. 최근 생성형 AI 서비스 시장이 어떻게 전개되고 있는지, 최근 본 회사 중에 어떤 곳이 인상적이었는지, 앞으로 이 시장이 얼마나 성장할 것 같은지를 술술 풀어내야 한다. 와, 그걸 내가 다 너무 확신을 가지고 말하면 사기꾼 같잖아. 그러니 톤도 조정해야 한다. 조직의 메시지가 요상하게 퍼져 나가지 않게 하려면 조심할 게 한두 가지가 아니다. 자, 그럼 이 모든 연습은 어디에서 하느냐. 운전하는 차 안에서 한다. 말은 내뱉어봐야 계속 꺼낼 수 있다. 운전하는 30분 동안 혼자 조잘조잘 말 연습을 한다. 이 말을 했다가 저 말로 바꾸어보며 흐름도 잡는다. 이렇게 연습을 해도 현장에 가면 종종 헛말을 하지만, 사실 이 연습은 나의 자신감을 위한 것이다. 사람을 만나고 현장을 경험하기 위한 모든 용기를, 나는 차 안이라는 작은 공간에서 그렇게 조금씩 키워가고 있다.

왜 98퍼센트는
남성 창업가일까

투자업계로 들어와 가장 먼저 본 책이 한 권 있다. 인공지능 기술을 적극적으로 활용하는 AI 스타트업 100곳을 뽑아 만든 전화번호부 같은 책이다. 페이지를 펼칠 때마다 양면에 업체명과 설립일, 현재까지의 누적 투자액, 대표이사의 이름과 사진, 그리고 자사 상품 및 경쟁력에 대한 이야기가 빼곡하게 채워져 있다. 창업을 하게 된 계기부터 자신들이 보유한 독자적인 기술력, 경제적 네트워크 같은 내용이 팽팽한 긴장감과 함께 박혀 있다. 여든 번째 기업까지 읽었을 즈음, 어쩐지 이상한 기분이 들었다. 책장을 끝까지 넘겨보았다. 생물학적 여성이 대표인 기업은 100개의 기업 중 딱 두 곳에 불과했다. 내가 이 업계에 들어와 겪은 가장 큰 충격이었다.

이유가 뭘까. 힌트를 찾은 기본서는 소셜 임팩트 벤처 캐피털 에스오피오오엔지(sopoong)에서 낸「젠더 안경을 쓰고 본 기울어진 투자 운동장」이라는 리포트였다. 2016년 당시 투자를 유치한 국내 스타트업 중 여성 창업 기업은 6.5퍼센트에 그친 열여섯 개, 투자 금액도 전체 1조 724억 원 중 겨우 4퍼센트에 그쳤다고 한다. 죄다 한 자릿수라니! 그 뒤로 나온 숫자는 7.1퍼센트였다. 2015년 당시 대한민국 벤처캐피털 종사자 중 여성 심사 역의 비율이라 한다. 요즘은 여성 비율이 조금 올랐다고 하지만, 여전히 투자업계에 남성적인 분위기가 팽배한 것이 사실이다.

리포트에서는 젠더 몰인지적Gender Blind 투자가 원인일 수 있다고 했다. 여성 투자자 수가 적으니 여성 창업자에 대한 시선도 한쪽으로 치우칠 수 있다는 것이다. 기혼 여성은 사업에 몰입하지 못할 거라 생각하고, 여성의 리더십은 여전히 부드럽지만 미약할 것이라는 인식이 팽배한 것 아니냐는 물음이 제기됐다. 그래서 에스오피오오엔지에서는 의도적으로 젠더 안경을 끼고 투자하는 방침, 즉 여성 투자자를 확대해 여성 창업자들과 여성 사용자 대상의 제품을 만드는 회사에 집중하는 전략을 세우겠다고 밝혔다. 나아가 이는 남성을 역차별하는 것이 아닌, 어느 누구도 편견에 근거해 차별하지 말자는 접근으로서의 투자 방법이라는 점도 언급했다.

이 리포트가 나온 이후로 세상이 바뀌어, 여성 창업자를 지원하는 펀드도 결성되었고 여러 정책적인 도움도 늘어났다. 그러나 여전히 여성 창업자를 현장에서 만나는 일은 쉽지만은 않다. 그래서 펨테크FemTech, 여성이 겪는 문제, 특히 헬스케어 이슈를 기술로 해결하는 분야를 들여다보기 시작했다. 펨테크 분야에는 여성 경영인이 많다. 처음에는 생리주기를 기록하고 가임기를 확인하는 앱이 대세를 이뤘다면, 지금은 생애주기별 맞춤형 솔루션과 언더웨어, 여성용품 등 보다 다양한 상품군으로 확장되고 있다. 세계적으로 시장 규모도 커지고 있어서 2027년 즈음이면 79조 원대로 확대될 전망이라고 한다.

그렇게 여성 창업자를 찾기 위해 펨테크를 꾸준히 살펴봤다. 마음 한구석이 편치 않았다. 여성 창업자들은 자신이 처한 문제를 풀어가느라 고군분투하고 있었다. 펨테크에서 다루는 헬스케어 분야를 비롯해 돌봄과 육아, 쇼핑과 뷰티 등의 산업군에 여성들이 몰려 있었다. 문제를 제일 잘 아는 사람이 문제를 잘 해결할 수 있는 것도 사실이다. 하지만 그들이 바라보는 세상을 좀 더 확장하면 좋겠다는 생각이 들었다. 여성에게 유난히 깐깐한 잣대를 들이대는 것이 아님을 미리 밝힌다. 여성으로 살아왔기에 더 뾰족하게 파고들어 해결할 수 있는 세상의 문제들이 분명히 있다. AI 기술이 가져올 편향적인 판단을 젠더 감수성으로 풀어내는 솔루션도 나올 수 있다. 그동안 시장에서 배제돼 있던 '여성 고객군'의 니즈를 건드려 이들의 지갑을 열게 하는 것만으로 그치기엔 어쩐지 아쉽다. 기존 시스템이 여성에게 부여한 돌봄 같은 분야에서 한 발 비켜서는 접근도 늘어나면 좋겠다.

기술에 대해서도 좀 더 도전적이었으면 좋겠다. 여성이라고 해서 기술을 모를 리도, 기술에 약할 리도 없다. 전 세계적으로 여성 CEO는 조금 늘었을지 모르지만 기술 분야를 담당하는 여성 CTO는 정말 찾기 힘들다. 2022년 여름 프랑스 파리에서 만난 펨테크 스타트업의 공동 창업자 3인이 한 말도 비슷했다. 그들은 "우리처럼 경영진이 여성으로만 채워진 회사도 드물지만, CTO가 여성인 회사는 아마 프랑스 전역에서 우리뿐일 것"이라고 했다. 나는 그들과 함께 씁쓸해했다. 최초, 유일이라는 말은 가끔은 훈장처럼 뿌듯한 배지가 될 수 있지만, 이럴 땐 유독 착잡한 징표가 된다.

기술을 가지고 상상력을 펼쳐 세상이 겪는 문제를 풀어내는 여성 리더들이 더 늘어났으면 좋겠다. 그들은 분야에 한정되지 않고도 더 많은 것을 해낼 수 있다. 우주선과 같은 공간에서 자라날 수 있는 씨앗을 만드는 바이오 분야 여성 CEO도 있고, 기후 위기 문제를 디지털로 푸는 것에 집중해 펀드를 운영하는 벤처캐피털의 여성 대표들도 있다. 얼마 전에 만난 한 한국인 여성 기상학자는 위성 데이터를 제대로 매만져서 정확하게 기후 예측을 할 수 있는 솔루션을 만드는 데 몰두하고 있었다. 이제부터 시작이라는 생각이 든다. 경계를 넘어서서, 배제되어온 여러 주체를 포괄적으로 아우르며, 기존 시스템에서 비롯한 문제를 또렷하게 하고, 그 문제를 탁월하게 해결해가는 여성 창업자, 그리고 여성 기술인들의 활약을 고대한다. 그리고 그러한 인재들을 발굴하는 것이 바로 나의 일이다.

과학 하는 여자들을
만나다

"똑같이 수학 공부를 해도, 여성은 더 엄격하게 능력을 요구받는다."

어쩌다 보니 AI와 컴퓨터공학을 다른 시선에서 이야기하는 사람 중 하나로 꼽히게 됐다. 라디오방송에 나가고, 기사를 기고하고, 신문과 잡지에 내 이름을 단 코너를 만들게 되면서 초대받는 곳도 늘었다. 그렇게 만난 인연들이 있다. 동아대학교 임소연 교수가 그중 한 명이다. 임소연 교수는 『신비롭지 않은 여자들』 『나는 어떻게 성형미인이 되었나』 등의 책을 쓴 저자로, FSTS^{Feminist-Science·Tech·Society} ^{Studies}, 국내 페미니즘 과학기술학를 이끄는 학자다.

임소연 교수의 시선은 과학기술 전반에 퍼져 있는 젠더 편향을 향한다. 서두에서 말한, 여성이 유독 수학에 재능 있다는 소리를 듣기 위해 넘어서야 하는 기준이 높다는 것 또한 그의 책 에필로그에 나온 메시지다. 그가 제안하는 키워드는 '연루되는 것'이다. 각자 다른 분야에 있는 이공계 여성들끼리, 무어라도 모의하듯 슬쩍 얽혀서, 지축을 뒤흔드는 반전 있는 메시지를 함께 던져보자는 것이다. 그는 과학기술학을 함께 연구한 동료들과『겸손한 목격자들』『돌봄과 작업』등을 공저하면서 연구 내용을 대중에 소개하기 시작했다. 그의 책 덕분에 스무 명도 넘는 FSTS 전공자들과 활동가들이 북토크에서 뭉쳤다. 이 중에는 현재의 펨테크가 겪는 한계를 논문으로 쓴 학생도 있었고, 정권에 의해 FSTS를 대중에 소개하는 프로젝트가 취소돼 난감한 상황에 처한 단체 구성원도 있었다. 이렇게 직접적인 관계자들을 우르르 만난 건 처음이었다.

서울 성북문화재단 도서관에서 지역 주민들과 함께 임소연 교수의 책『신비롭지 않은 여자들』을 톺아본 일도 있었다. 어머니와 딸, 대학 졸업생과 스타트업 종사자, 활동가와 프로젝트 기획자 등 여섯 명이 매주 금요일 다섯 차례에 걸쳐 만났다. 이들은 책에서 소개된 이론들을 자신의 생활에서 겪은 이야기로 풀어냈다. 집에서 실천하는 성평등의 개념, 밤길을 혼자 걷는 여성의 공포를 이해하지 못하는 사람들에 대한 이야기 등, 우리는 서로 할 말이 많았다. 마지막 날 임소연 교수와 진행한 북토크는 이 프로그램의 백미였다. 저자가 얼마나 치열하게 책을 썼는지를 곧장 알아보고 응원을 보내는 이가 있었고, 이 시대를 보내며 여성들이 가능성을 끌어올리는 것이 얼마나 중요한지를 토로하는 이가 있었다.

연구를 하며, 그리고 일을 하며 만난 '과학 하는 여성들'은 매 순간 나에게 감동을 줬다. 테크 - 페미니즘 활동가이자 『액세스가 거부되었습니다』의 저자 조경숙은 테크 업계 현장에서 벌어지는 불합리한 일들을 예리하게 이야기하는 개발자이다. 더 나은 언어 모델을 만드는 데 공을 들이는 여성들도 있다. 인공지능 윤리 분야의 여성들은 자신의 경험과 감각으로 단단하게 문제 제기를 해내고 있다. 그런 모두가 동일하게 하는 말이 있다. "나 혼자만 이런 연구를 하는 줄 알았어요." 잘났다는 말이 아니다. 주변에 함께 연구할 사람이 없고, 활동할 이가 보이지 않아 섬처럼 혼자 떨어져서 고군분투했다는 뜻이다. 나는 그 말을 누구보다 잘 이해한다. 연구실의 모든 이들이 너무도 소중하고 고맙지만, 같은 시선을 가지고 관점을 확장할 수 있는 동료는 없었다. 그런 나에게 선뜻 손을 내밀어준 외부의 학자들과 책, 기회 덕에 생각을 키울 수 있었다. 각자 다른 방법론을 가지고 있어도 상관없었다. 우리는 서로, 이 아슬

아슬하고 재기 넘치는 일에 연루돼 있는 것만으로도 충분
히 보탬이 되고 있기 때문이다.

학회장에서 만난
다이버시티

HCI 분야 전공자들 사이에서 '꿈의 학회'라 불리는 곳이 있다. 매년 봄에 열리는 CHI('카이'라고 읽는다) 학회인데, 이 분야에서 최고 권위를 지녔다. 매년 수천 편의 논문이 제출되고 그 가운데 20퍼센트 남짓한 수의 논문만 통과된다. 다음으로 주목을 받는 학회는 CSCW다. CHI에 비해 규모는 작지만 밀도가 굉장히 높다. 전자는 인간과 컴퓨터의 상호작용을 둘러싼 모든 부분을 아우르기 때문에 범위가 넓고, 후자는 인간과 기계의 협업에 좀 더 초점을 맞추는 편이다.

2016년 미국 샌프란시스코에서 열린 CSCW를 시작으로 코로나19 이전까지 거의 매년 학회에 갔다. 특히 기억에 남는 것은 2017년 미국 콜로라도주 덴버에서 열린 CHI였다.

다른 학회들과 달리 이 학회는 크라우드소싱을 통해 갔다. 연구실 동료들과 함께 스타트업 퍼블리에 HCI 학회를 조사해 페이퍼를 내겠다고 지원한 것이 계기였다. HCI 분야를 잘 알지 못하는 사람들에게 내용을 상세히 알려준다는 마음으로 기자 시절 실력을 최대한 발휘해 취재를 했다.

모든 연구가 훌륭했고, 모든 사람들이 멋졌다. 당시는 도널드 트럼프 대통령이 반反이민 행정명령을 낸 상황이었고, 학회 참가자들은 하나같이 반발했다. 주최 측은 아랍 국가 출신 연구자들의 입국 비자 문제를 적극적으로 해결하고 나섰다. 전반적으로 비판적인 분위기가 프로그램 곳곳에서 넘실댔다. 가령 기조연설에서는 『생각하지 않는 사람들』을 쓴 니콜라스 카가 발표자로 나서서 자동화시스템에 대한 의존으로 인한 인간 능력의 상실을 경고했다. SNS를 활용해 이집트의 민주화운동을 연 와엘 고님 Wael Ghonim, 온라인 매체 《팔리오》의 설립자도 발표에 나서서 '아랍의 봄' 이후 소셜미디어로 인해 도리어 더 깊어진 정치적 양극화에 대한 고민을 토로했다. 그때 나는 고님에게 다가가 한국의 탄핵 정국 이후 가짜 뉴스가 확대 재생산되는 현실을 이야기했다. 그는 "가짜 뉴스는 역사적으로 계속 돼왔고, 진위를 가리려면 우리 같은 연구자들이 알고리즘을 적극적으로 활용해야 한다. 뉴스 발화 지점을 찾고 신뢰도를 확인하는 방법을 고민해보자"라고 했다. 당시로선 꽤 신선한 접근이었다.

비판적인 연구도, 데모 프로덕트 전시도, 미디어아트도 다 멋지고 놀라웠지만, 가장 인상 깊었던 점은 다름 아닌 화장실에서 발견했다. 화장실에 '모든 젠더가 쓰는 화장실(젠더 중립)'이라는 말이 또렷하게 새겨져 있었다. HCI 연구 가운데는 젠더 다양성이나 인종차별을 다루는 논문이 많다. 논문으로만 읽던 것을 현실에서 직접 기호로 마주치니 생경했다. 또한 학회 기간 중 하루는 꼭 '다이버시티 런치'라는 이름의 행사가 열리기도 한다. 성소수자를 비롯한 여러 학회 참가자들이 모여 생각을 나누는 점심 식사 자리다. 부끄럽지만, 나는 이 학회를 가보고 나서야 젠더 다양성에 대해 조금씩 알아가게 됐다. 그전까지는 관심도 적었고, 주변에서 LGBTQ+를 발견할 일도 드물었다. 이토록 당당한, 자신의 목소리를 지닌 사람들을 보며 감탄했고, 그들의 이야기를 적극적으로 반영하는 학회 분위기가 멋졌다.

물론 학회 측이 취하는 모든 관점에 늘 찬성할 수만은 없었다. HCI 분야 일부 학회 및 저널에서는 논문의 마감 기한을 연장한다고 밝히면서 그 사유로 '블랙 라이브스 매터Black Lives Matter' 운동의 여파를 이야기했다. 2020년 미국

미네소타주에서 흑인 조지 플로이드가 미국 경찰의 과잉 진압으로 사망한 사건 직후였다. 당시 대규모 시위가 일어났고, 그에 따라 시위에 참가하느라 논문을 못 내는 이들을 배려한다는 차원에서 논문 제출 기한이 며칠씩 연장된 것이었다. 그러나 홍콩에서 시위가 일어나도, 중국 일대에 코로나19가 막 번지기 시작해도, 한국에서 대통령 퇴진 운동이 벌어지고 우크라이나에서 전쟁이 벌어져도 논문 제출 기한이 미뤄지는 일은 없었다. 많은 학회가 '글로벌'이라는 이름을 달고 미국 학계를 중심으로 치러진다고는 하지만, 어쩐지 그들이 이야기하는 다양성에도 로컬의 이름, 타자화된 색채가 새겨진 듯한 느낌은 지울 수 없었다.

그래도 잊을 수 없는 장면들은 계속 이어졌다. 젠더 중립 화장실에 어린 딸을 데리고 온 생물학적 남성을 보며, 육아는 남녀 모두가 해내야 할 몫임을 새삼스레 새겼다. 다양성이라는 것이 우리의 눈에 새겨지고 마음에 각인되는 일은 그리 어렵지 않다. 공간과 말과 행동이 어우러지다 보면 어느새 다양함이 자연스러움이 된다. 적어도 내가 꾸준히, 해를 거듭하며 겪은 현장은 그러했다.

인싸의 장

스타트업 업계만큼 소위 '인싸'가 중심인 분야가 또 있을까? 열 팀 중 한 팀 정도만 살아남는 극악의 생존율을 보이는 업계이다 보니, 성공의 경험이 있는 사람이 극도로 귀한 곳이 이 업계다. 엑시트exit, 회사를 충분히 성장시킨 뒤 타기업에 인수합병되는 것를 경험한 창업자들의 이야기를 듣기 위해 창업 꿈나무들이 몰려들고, 퇴근 후 세미나도 하고, 주말에 각종 행사도 여는 업계가 이곳이다.

왜 유독 다른 업계에 비해 이런 경향이 강한지 봤더니, 성공에 정해진 답은 없고, 별다른 경험 없이 패기와 아이디어 하나로 업계에 뛰어드는 경우도 많은 데다가, 생각보다 알음알음 밀어주고 끌어주는 일도 퍽 많더라는 것이었다. 특히 초기 투자 때는 레퍼런스, 즉 창업자의 평판과

객관적 능력 같은 것을 보고 빠르게 투자금을 밀어 넣는 경우가 많다 보니, 해당 창업자가 속해 있는 네트워크를 참고하는 경우가 많다. 그래서 "○○가 뜬다"라는 타이틀을 건 콘퍼런스는 높은 가격에도 불구하고 대기 인원까지 발생하곤 한다. 오죽하면 한 투자사는 "주인공은 스타트업들인데 정작 행사의 기조연설 스피커가 과도하게 돋보이는 일이 있어 이번에는 제외했다"라고까지 할 정도다.

흥미로운 지점은 각자가 인식하는 인싸가 조금씩 다르다는 것이다. '인싸'의 일반적인 정의가 없는 느낌이랄까. 예를 들어 인싸라는 표현이 처음 흘러나온 인스타그램의 경우, '좋아요'나 댓글 수로 해당 크리에이터가 인싸인지 아닌지를 알 수 있다. 정량적으로 측정 가능한 지표가 있으니까. 그런데 스타트업 업계에는 이렇다 할 지표가 없다. '유니콘 기업 창업자' 출신이거나 블록체인 업계에서 잘나가는 사람, AI 기술을 20년 넘게 매만진 사람, 세 번 이상 엑시트한 연쇄 창업자 등이면 모를까. 어느 분야나 마찬가지겠지만, 겉으로 드러난 이력의 이면을 들춰보면 막상 포장지만 화려한 경우도 있고, 수차례 엑시트했다고 해도 실은 명의 넘기듯 사업을 마무리하고 다음 아이템으로 넘어간 경우도 종종 있다.

실패의 경험도, 잘 버텨낸 경험도 귀한 경험이다. 업계에 오래 있으면서 보고 겪은 인사이트도 충분한 영향력을 지닌다. 다만 경험이 네트워크라는 이름으로 포장되어 폐쇄성 짙은, 끼리끼리 모이는 권력이 되는 걸 종종 봤다. 일종의 카르텔 같은 건데, 사실 실리콘밸리에서도 흔한 현상이라서 이걸 비판적으로 보는 사람도, 불가피한 문화로 해석하는 사람도 있다. 나는 글쎄…… 반반이라고 하면 재미가 없으려나?

업계에 있으며 가장 많이 떠오르는 분위기는, 처음 고등학교에 진학해 중간고사를 본 직후의 풍경이다. 일명 '특목고'라 불리던 외국어고등학교에 다녔는데, 여기에 모인 학생들이라 함은 다들 각자 다니던 중학교에서 한 가닥 하던 이들이란 뜻이었다. 전교에서 1, 2등을 하던 녀석들이 우글우글 모여 있는데, 그 안에서 1등은 단 한 명. 요즘 표현으로 치면, 아이돌 뽑는 프로그램에서 각 기획사의 대표 연습생들이 모여서 각축을 벌이는 느낌이랄까? 중간고사를 막 마친 아이들의 팽팽한 긴장감과 은은한 경쟁의식, 그리고 등수가 공개되는 순간 대부분이 느끼는 좌절감과 극소수만 느끼는 짜릿함. "너만 잘났냐, 나도 잘났다"라는 말이 경쟁적으로 솟아나다가 훅 꺼지고, 또 시험기간이 도래하면 다시 올라오는 그 순환 고리의 끝엔 결국 어느 대학 갔느냐는 최종 평가가 있었다.

이때 이 분위기를 타고 치열하게 공부하는 친구들을 어쩌면 '인싸'라고 할 수도 있겠다. 그런 관점에서 나는 '아싸'였다. 중간고사를 보고 나니 성적은 영 시원찮았고, 그러면 일단 학교생활을 즐겨야겠다 싶어서 동아리도 하고 정말 즐겁게 놀았다. 정신 차리고 보니 고등학교 3학년이 되었고, 벼락치기 공부를 한 끝에 운 좋게 수능을 잘 본 케이스였다.

그렇다면 당시에 인싸의 길을 걷지 않은 것이 후회되지 않느냐고 누군가는 물을 수도 있겠다. 어휴, 그 길은 내 길이 아니었다. 그 시절 가장 높여야 하고 달성해야 했던 지표라고 한다면 당연히 성적이었을 거다. 그런데 나에게는 평생 갈 내 친구들을 만들어 몇십 년이고 아작아작 안주거리로 삼을 웃기는 추억을 쌓는 것이 먼저였다. 확실히 그건 달성하긴 했다.

스타트업 업계에서도 다들 성장이라는 한 방향을 향해 달리고 있다. 그 방향은 분명히 맞는 길이고, 옳은 길이다. 성장해야 하고, 대박을 내서 엑시트하는 게 중요하다. 그런데 그 방향으로 가는 와중에 다른 지표를 두드려볼 수도 있다. 자본과 아이디어를 뭉쳐 기후 위기 문제를 해결하자고 할 수도 있고, 젠더 이슈를 풀어보자고 할 수도 있다. 소외된 사람들의 목소리를 비즈니스로 끌어올리는 방

법들도 찾아볼 수 있다. 성장의 방법을 한 가지로만 보기
엔, 세상에 고민해볼 만한 관점이 너무 많다.

필요 없는
사람이 아니라

스타트업 투자업계에서 많이 하는 일 중 하나는 '적합한 사람'을 찾아주는 일이다. 그냥 사람을 찾아주는 것이 아니라, 어떤 역할을 거뜬히 해낼 만한 '적합한 인재'를 찾아주는 것이다. 우리가 투자를 한 스타트업에 사람을 소개하기도 하고, 친한 스타트업 대표들에게 사람을 추천해주기도 한다.

내가 속한 조직 특성상 아무래도 창업한 지 그리 오래되지 않은 초기 스타트업이 많기 때문에 주로 특정 기능, 예를 들면 웹페이지 디자인이나 백엔드 개발처럼 비교적 선명한 문제를 해결할 사람을 적재적소에 꽂아줄 수 있는 능력이 중요하다. 조금 시간이 흐르고 조직이 탄탄해지면, 재정을 관리할 CFO나 제품을 '상품답게' 만들 수 있는 프로덕트 디렉터, 커뮤니케이션 베테랑처럼 어느 정도 선이 굵은 사람들을 추천해야 하는 일도 발생한다. 한 투자사의 경우 스타트업 지원을 위해 아예 인사 전문가를 사내에 영입해 화제를 모으기도 했다.

그래서 벤처캐피털 업계 종사자 가운데는 미국의 유명 대학 MBA 학위를 취득했거나, 유명 컨설팅 회사에 다녔거나, 창업자 시절을 겪으며 네트워크를 견고하게 다져두었거나, 주요 IT 업계에 종사한 경험이 있어서 기존에 쌓아둔 인맥을 활용하는 이들이 많다. 투자 분야에서 일하려면 비즈니스 경험이 중요하다는 것도 이런 측면 때문이라는 생각이 든다.

그러니 영 다른 업계에서 온 나 같은 사람은 어쩐지 사막 한가운데 떨어진 화성인 같은 느낌이었다. 대기업을 다녀본 것도 아니고, 기자 생활을 하면서도 산업부나 경제부, 과학부 같은 곳에 발 디뎌본 적도 없으니 말이다. 그나마 이공계 대학원을 간 덕에 주변에 창업을 한 사람이나 개발자가 일부 있는 것이 큰 힘이라면 힘이랄까. 아무튼 그런 이유로 업계를 옮겨 와 각종 행사를 다니며 500장도 넘는 명함을 뿌리고 다녔던 것 같다. 유명한 명함 관리 앱에서 '인맥왕' 배지도 냉큼 달았다.

그런데 가끔 마음이 복잡해지는 일도 있다. 창업자들은

한정된 돈과 시간을 가지고 최대한의 효율을 내기 위해 조직을 구성하고, 역할을 분담하고, 일정을 짠다. "3개월 동안 앱을 완성해서, 그다음 3개월 동안 매일 들어오는 사용자를 만 명 확보해야지", "올해 매출 10억 원을 달성해야지", "다음 라운드에서 가치 평가액 200억 원을 찍어야지" 등등.

창업 팀이 목표를 향해 달려가는 그 어느 구석에도 로맨틱하거나 이상적인 상상은 끼어들 틈이 없다. 빠르게 커서 규모 있게 세상을 놀라게 해야 하니까. 로켓의 좁은 공간에 앉을 자는 오직 역할이 또렷한 사람들뿐이다. 조금이라도 성장 속도가 느리거나 역할이 모호해지면 하선해야 한다. "우리는 같이 일을 하려고 만났지, 친해지려고 만난 거 아니니까……"라는 말이 심심찮게 들린다.

사람을 하차시키고, 다른 '적합한 사람'을 찾아 자리에 앉히고, 그러다 일이 틀어지고 사업 모델이 바뀌면 팀이 통으로 사라지는 일이 반복되는 곳이 이 업계다. 빠르고 강력한 추진력의 앞면엔 놀라운 제품과 상상도 못 했던 서비스들이 펼쳐져 있지만, 그 뒤엔 배제되고 지워진 사람들이 있다. 많이들 대표의 탓을 하지만, 안타깝게도 이런 특성이 그 어느 분야보다도 선명한 곳이 바로 이 스타트업 업계다. 빠른 속도, 한정된 자원, 효율의 극대화, 급

속한 성장. 이런 개념들이 이 업계를 지배하는 동력이다. 그 뒤에는 투자사, 즉 자본이 있다.

답이 없는 문제이지만, 하나는 확실히 했으면 좋겠다. 필요 없는 사람은 없다. 혹여 날 서고 모진 말을 듣고 조직을 떠나게 됐다 해도 그것은 당신의 문제가 아니다. 그놈의 '안 맞는 퍼즐 조각' 운운하는 위로 따위는 뒤로 날려버리시라. 세상에는 훨씬 더 많은 가능성과 아이디어, 팀과 다양성이 있다. 상상력, 비판적인 감각, 통찰력같이 '손에 잡히지 않는 능력'이 훨씬 더 높은 가치를 얻을 세상이 곧 온다고, 적어도 나는 믿는다.

일이 재미있다는
사람들

몸은 천근만근, 정신은 고단한 순간에 "이 일 정말 재미있지 않아요?"라는 말을 듣고 "맞아요"라며 행복하게 맞받아친 순간이 세 번 있다.

처음은 막내 기자로 일할 때였다. 새로 개국한 방송국이라 밤낮없이 이리저리 쪼이던 때였다. 어느 날 갑자기 바로 위 선배가 물었다. "힘들긴 한데, 재미있지 않니?" 그 말을 들은 나는 퍽 감동적이라고 생각했다. 이 일을 너무 사랑하는 것을 서로 이미 눈치채고는 있었지만, 그것이 입 밖으로 나오는 순간 공감이 폭발하고 말았다. 그 순간 무척 뭉클했던 것이 또렷하게 기억이 난다.

또 한 번은 현재 직장에 있는 팀 동료와 이야기를 하던 중 나왔다. 당시는 조직을 재편하고 우리만의 철학과 전략을 다져가는 작업을 해나가던 중이었고, 그러다 보니 모든 에너지를 쪽쪽 짜가며 쓰고 있었다. 간신히 한숨 돌리고 홍차를 마시던 중, 동료가 "근데 일 너무 재미있지 않아요?"라고 한 것이다. 서로가 일중독자인 것을 알고는 있었지만, 그걸 발설하다니! 우리는 '약간 괴이하지만'이라는 표현을 곁들여가며 쑥스러워했다.

세 번째로 일의 재미를 공유한 것은 어떤 토크 콘서트에서였다. 같은 업종에 있는 선배가 수백 명 관객 앞에서 "일이 재미있다"라고 똑 부러지게 말했다. 나에게 직접 한 말은 아니었지만, 당시가 일종의 번아웃 시기여서인지 그 말이 예상치 못하게 위로가 되고 공감이 됐다. 단순히 '보람'이라는 말로는 채워지지 않는 행복감이 공유되는 순간이었다.

어떻게 하면 일이 재밌는 걸까 싶어서 생각해보니, 우리는 하나같이 성장하는 것이 즐거운 사람들이었다. 요새 내가 가장 몰두하고 있는 일은, 인공지능 기술로 세상의 많은 것들이 바뀌고 나면 어떤 식으로 세상의 질서가 달라질지 미리 그려보는 것이다. 백캐스팅back-casting이라는 방법론인데, 우리가 생각하는 이상적인 근미래의 모습을 비교적 합리적인 근거로 만들어두고, 그 그림을 향해 가는 방법을 모색하는 것이 요즘 하는 일이다. 얼마나 재미

있겠는가. 정보를 끊임없이 받아들이고, 그걸 우리의 언어로 정리하고, 전망하고, 그 미래가 가능해지도록 모든 이해관계자를 조절하는 시뮬레이션을 계속 돌려본다. 일이 재미있다고 하는 사람들은 각자가 생각하는 미래의 그림을 퍼즐 맞추듯 완성해가고, 그걸 위해 한 걸음씩 성장하는 것에서 보람을 느낀다.

일의 바깥에서 즐거움을 찾고 균형을 맞추는 것이 덕목인 세상에서, 일중독자는 엄한 상사나 고된 동료쯤으로 여겨질 법하다. 그래서 일이 좋다는 말은 철저히 비밀로 해야 하는 자기 고백일 수도 있다. 이토록 시대착오적인 취향을 들키면서까지 이야기를 하는 이유는, 일이 너무 좋아서 에너지를 몰아 쓰는 사람들을 더 많이 만나고 싶기 때문이다. 우리는 만나야 한다. 만나서 서로의 이 괴이한 취향과 희열의 순간들을 고백하고 공감해야 한다.

3   앞으로의 세상

빠르게 변하는
세상 속에서

초거대 AI 기술을 탑재한 서비스 '챗GPT'가 나왔다. 서비스 자체는 새로울 것 없이 이미 나와 있는 기술을 바탕으로 했지만, 사람들에게 다가서기 무척 좋은 타이밍에 나왔다. 그 덕에 두 달 만에 전 세계적으로 1억 명이 사용하는 영향력 있는 서비스로 발돋움했다. 쉬운 접근성과 단순한 디자인, 비교적 막힘없는 대화와 다른 분야에서도 활용 가능한 확장성까지, 모든 것이 혁신적이라고 할 만했다.

서비스가 퍼져가는 속도만큼 나도 빠르게 움직여야 했다. 챗GPT로 대표되는 생성형 AI 기술은, 인간들의 데이터를 학습해 지시문에 맞는 그림이나 언어, 수식을 만드는 기술이다. 생성형 AI 기술이 세상을 바꿀 거라는 것은 이미 널리 알려진 사실이었지만, 그 시기가 이렇게 빨라질 줄은 몰랐다. 다행히 석사과정 때부터 해오던 연구에 보태, 2022년 한 해 동안 연구하고 작업한 내용들을 챗 GPT 붐에 이르러 술술 풀어낼 수 있었다. 이를테면 'AI 대동여지도'라 불리는 파일이 있는데, 생성형 AI를 활용한 스타트업들의 지형도를 사용자 중심으로 그린 내용이었다. 그것이 널리 전파된 덕에 나는 한동안 'AI 업계 김정호'라 불리기도 했다.

기술이 퍼지는 속도에 짓눌린 상태에서 많은 사람들을 만났다. 며칠 밤을 가위에 눌렸다. 오늘 한 강연에서 내가 말실수를 하지는 않았을까, 혹여 내 대답이 누군가에게 상처가 되지는 않았을까, 은연중에 내가 바르지 못한 태도를 비친 것은 아닐까, 내 메시지가 잘못 전달되었으면 어떡하나 같은 자문이 꼬리를 물었다. 나 자신부터 남의 말에 귀를 쫑긋거리는 스타일이라, 말 한마디, 메시지 한 움큼이 얼마나 큰 힘을 지닐 수 있는지를 잘 알아서 더욱 조마조마했다.

그때마다 검도장으로 달려갔다. 검도는 순간적으로 에너지를 폭발하듯 쏟아내는 운동이라 생각보다 체력적인 부담이 크다. 배운 기간은 얼마 안 되지만, 그렇기 때문에 더 기본에 충실하려고 한다. 무엇보다 중심을 잡는 것에 집중하는 순간이 좋다. 검도는 상대의 목까지 죽도 끝을 들이대며 중심을 정확히 노리는 공격이 중요하다. 그러니 내 몸이 흔들려서도 안 되고, 정신이 다른 곳에 가 있어도 안 된다. 죽도가 휘청거려서도 안 되고, 언제든 치고 나갈 준비가 팽팽하게 되어 있어야 한다. 검도를 하는 한 시간만큼은 정말 나의 몸과 검에만 완벽하게 집중한다. 운동의 좋은 점이 바로 이거다. 몸이 힘드니, 몸에만 신경을 쓴다.

중심을 잘 잡고 나의 결을 만들어가는 것은 퍽 어려운 일이다. 하지만 긴 연표를 그려보면, 지금의 변화도 지구의 시간, 우주의 시간 안에서는 찰나에 불과하다. 굳이 멀리 가지 않더라도 나보다 20년, 30년을 더 앞서간 선배들의 이야기를 들어보면, 살면서 몇 번은 겪었던 변혁의 순간들 중 하나에 불과하다. 세상이 바뀌는 것도 분명하고, 그로 인해 많은 이들의 삶에 영향이 가는 것도 사실이다. 그 풍랑 속에서, 휩쓸리듯 아이디어만으로 달아올랐던 이들은 도리어 이름을 남기지 못했다. 차분히, 원래부터 하고자 했던 일을 해낸 이들이 새로운 환경에 꼭 맞는 서비스를 척척 만들어냈다.

요새 가장 많이 듣는 질문이 있다. "이제 우리는 어떻게 살아야 하죠?"와 "이제 우리 애는 어떤 걸 전공해야 하죠?"라는 말이다. 두 질문에 대해 나는 늘 "저도 몰라요"라고 자신 있게 이야기한다. 모르기도 하거니와, 안다고 해도 선무당이 사람을 잡을 수는 없는 노릇 아닌가. 그러나 여기에서 파생된 질문 가운데 대답을 해야 하는 경우도 있다. "이제 우리 스타트업은 어떻게 해야 하나요?"라는 물음이다. 여전히 나는 이 질문에 대해 어떻게 답을 해야 할지 잘 모른다. 하지만 적어도 원래 하고자 했던 서비스에 좀 더 집중해주십사 조언은 하고 있다. 다음 세상을 만드는 최전방에 서 있는 이들에게, 벤처캐피털리스트는 바로 그 뒤에 서서, 혹은 그 옆에 서서 도움을 줘야 한다. 불확실성으로 꽉 찬 시절일수록 더 치열하게 공부하며 그림을 그려가는 것도 중요하지만, 무엇보다 중요한 건 그들이 잘하고 있다는 걸 믿어주는 일이다. 그것이 AI는 하지 못할 사람의 일 아닐까.

기계가 똑똑해질수록
인간은 바빠져야 한다

예전 직장에서 유독 명언 남기기를 좋아하던 선배가 말한 여러 문장 중 요즘도 자주 떠올리는 말이 있다. "어떤 행동을 할지 말지 결정해야 하면, 몸이 힘든 쪽을 선택하라"는 것이다. 당시엔 뜨악했지만, 그리고 지금 봐도 MZ세대의 감수성에 맞지 않는 표현이지만, 그래도 그 말이 종종 떠오른다. 편리한 미팅 도구가 지척에 널려 있는 걸 인지해도, 굳이 밖에 나가 사람을 만나기 귀찮아도, 간단히 처리 가능한 일을 맞이해도, 일단 이 '명언'을 기억하고 자리에서 일어나곤 한다. 그렇게 길을 나서 직접 사람을 만나고 일을 처리하면 어쩐지 '조금 번거로워도 이렇게 하길 잘했어' 하는 생각이 든다.

기계였다면 이 명언은 규칙으로 정해지지 않는 한 이행

되기 어려울 것이다. 최대한 효율적인 선택을 하도록 학습되었거나 안전한 방향으로 향해 가도록 설정됐을 가능성이 높기 때문이다. 사람은 자기가 약간 손해를 보는 한이 있어도 해내는 법이 있기 마련이지만, 기계는 그런 선택을 할 수 없다. 그러니 기계에게는 답이 또렷하고, 결정하는 과정에 인간적인 망설임이 들어갈 이유가 없는 임무가 잘 어울린다. 영어 문제집을 만드는 인공지능을 설계할 때 가장 어려운 것 중 하나가 자동으로 오답을 만들어내도록 하는 것이다. 정답을 이토록 탁월하게 맞히는 기계가 어찌 틀린 답을 만들어내느냐는 말이다.

세상은 이제 규칙 기반 학습으로 결과를 산출하던 기계적 장치에서 벗어나, 좀 더 상세하게 패턴을 인지하고 새로운 연관성을 파악해 몰랐던 사실도 절로 추론해내는 꽤 똑똑한 AI의 시대로 이동했다. 지난 몇 년간 엄청난 성장을 이뤄서 이제는 소설도 쓰고, 그림도 그리고, 검색도, 결정도 다 대신 해줄 정도다.

초거대 AI 모델은 주로 빅테크 기업을 중심으로 출시되고 있다. 엄청난 양의 데이터와 매개변수를 효과적으로 학습해야 초거대 AI 모델이 나온다. 그러려면 대용량의 연산을 해낼 수 있는 슈퍼컴퓨터급 기계가 필요하다. 자본 전쟁이 심화되면서 대학 연구실이나 상대적으로 작은 규모의 기업들이 세계적인 AI 모델을 만들어보겠다고 하는 것은 체급에 맞지 않는 일이 되고 있다. 물론 상대적으로 작은 모델을 가지고도 충분한 성능을 내는 케이스가 점차 늘고 있다. 분야에 맞게 미세 조정을 하는 방법부터 아예 자체 모델을 만드는 것까지 옵션은 늘고 있지만, 이걸 구축하는 속도보다 빅테크 기업이 시장을 잠식하는 속도가 더욱 빠른 것 같다.

이럴 때 우리가 눈을 부릅뜨고 봐야 하는 것은 초거대 AI 모델들이 가지고 있는 사회적인 문제점이다. 가령 미국 스탠퍼드대 HAI 연구소에서 낸 「AI 인덱스 리포트 2022」를 보면 AI 윤리 파트 가운데 특히 눈에 띄는 부분이 있다. 최근 나오는 AI 언어 모델들이 높아진 성능만큼이나 편향적인 결과물도 더 많이 내어놓을 수 있다는 것이다. 확장성은 좋아졌지만, 그만큼 잠재적인 편견도 더불어 강화됐다는 근거가 줄곧 나오고 있다. 그러니 우리는 우리도 모르는 사이에 편향적인 의사결정 결과에 더욱 노출될 수 있는 셈이다. 2022년 초에 나온 세계경제포럼(WEF) 「글로벌 리스크 리포트」에서도 장기적인 10대 위협들 중 하나로 기술 발전으로 인한 악영향을 꼽았다. 가령 AI와 뇌-컴퓨터 인터페이스, 바이오테크 같은 기술적 진보가 개인은 물론 비즈니스 업계와 사회 전반에 부정적인 영향을 초래할 수 있다고 했다. 이것은 챗GPT를 비롯한 생성형 AI 모델이 사회 전반에 빠르게 퍼지고 있는 2023년 올해까지도 여전한 이슈다.

흐름대로 초거대 AI라는 돔이 기술 생태계를 품게 되면, 많은 이해관계자들은 부산스럽게 움직여야 한다. 그래야 기계가 스스로 올바르다고 믿고 뱉은 의사결정이 특정 분야의 사람들에게 큰 해를 끼치게 되는 일을 방지할 수 있다. 일단 많은 학계나 시민사회단체들은 결과물 역추적과 내부고발 수집을 통해 지속적으로 견제를 해오고 있다. 이에 따라 다수의 빅테크 기업들은 자사의 알고리즘이 어떤 데이터세트를 바탕으로 학습됐는지, 어떤 목표로 기획된 것인지, 예상되는 사용처는 어떤 분야인지 등을 상세하게 설명하기 시작했다. 형식적이고 표면적인 가이드라인을 넘어서서, 올바르다고 여기는 것과 필요하다고 생각하는 것을 해내는 것은 인간의 힘이다. 그 말이 맞다. 귀찮고 번거로운 일을 할지 말지 고민된다면, 몸이 힘든 쪽을 택하는 것이 나은 경우가 많다.

사람이 더 똑똑해지는
세상

　투자업계에서 꼭 참고하게 되는 인물이 있다. 바로 앤드리슨-호로비츠 벤처캐피털의 공동 창업자인 마크 앤드리슨Marc Andreessen이다. 그는 넷스케이프 공동 창업자이면서 페이스북, 깃허브, 트위터, 핀터레스트 등을 포트폴리오로 지닌 투자자이다. 그의 실리콘밸리 신화도 늘 입에 오르내리지만, 그가 2011년 《월스트리트저널》에 기고한 칼럼 「소프트웨어가 세상을 잠식하고 있는 이유Why Software Is Eating the World」는 업계의 교과서처럼 읽히는 글이다. 서브프라임모기지사태를 막 수습하고 시장이 회복하던 시점에, 닷컴 버블에 대한 회의가 여전하던 시절에, 그는 어떻게 소프트웨어에 대한 무한한 믿음을 설파할 수 있었을까?

　가장 눈에 띄는 부분은 온라인 서비스 시장이 빠르게

확장되면서 창업 비용이 낮아지고 세계 경제가 완전히 디지털로 연결되리라는 전망이었다. 소프트웨어가 물리적인 세계에서나 가능했던 산업의 여러 가치사슬을 하나씩 하나씩 잡아먹고 있다는 것이 근거였다. 온라인 서점의 책장은 사람이 직접 서가에 책을 꽂지 않아도 큐레이션될 수 있다. 예전에는 차에 문제가 생기면 일단 카센터에 달려가야 했지만, 앞으로 테슬라가 그려낼 세계는 차내 소프트웨어를 통로 삼아 무선으로 수리될 수도 있을 것이다. 실제로 마크 앤드리슨이 말한 페이스북이나 핀터레스트 같은 소프트웨어 기업들의 2010년대 초반 이후 가치가 얼마나 올랐는지 보면, 그의 전망은 꽤 정확했다고 말할 수 있겠다.

그가 최근 「AI가 세상을 구할 이유」와 「기술 낙관주의자 선언문」이라는 글을 연이어 올려 반향을 얻었다. 그는 AI 기술이 사람들의 일을 모두 대체해서 생산은 넘치고 소득과 소비는 줄어드는 침체를 겪을 것이라는 세간의 전망을 반박했다. 인류사를 통틀어 기술은 더 적은 비용으로 더 많은 것을 만들 수 있는 지렛대로서 작동해왔고, 생산성이 높아지면 물가가 떨어지고 수요는 증가해서 물질적 성장이 이뤄졌다고 그는 설명했다. 사람들이 이윤을 추구하는 시장경제 특성상, 노동자들은 서비스나 물건의 생산을 위해서 고용이 보장되고, 기술의 도움을 받아 더 나은 생산을 해내는 노동자들에게 더 높은 임금을 주게 되어 있다고 그는 주장한다. 대런 아세모글루Daron Acemoglu와 같은 학자들은 이러한 전망과 상반된 전개를 펼친다. 가령 현재의 기술 발전이 사람을 돕기 위한 것이 아닌 사람을 대체하는 완전 자동화의 모델로 가고 있기 때문에, 인간의 노동이 위협을 받을 수 있다는 것이다.

내가 속한 조직에서도 여기에 얽힌 고민을 정말 많이한다. 우리가 주로 투자하는 분야를 중심으로 세세하게 쪼개가며 어떤 가치사슬이 AI에 의해 빠르게 자동화될지본다. 한 부분이 자동화돼서 생산량이 확 늘어나면 그 다음에 이걸 받아줄 수 있는 소비시장이 충분히 큰지 살펴본다. 기술적인 가능성도 함께 살펴본지만, 우리의 큰 전제는 현재의 기술 트렌드나 개발 상황을 볼 때 "안 풀리는 문제는 없다"는 것이다. 우리도 일종의 기술 낙관주의자인 셈이다.

내가 제일 희망적으로 보는 부분은, 사람들이 똑똑해질수 있다는 점이다. 앤드리슨의 글에서도 강력하게 주장된바가, 사람들이 기계 덕분에 훨씬 더 똑똑해져서 훨씬 더많은 문제들을 잘 풀어낼 거라는 점이었다. 나만 해도 요즘 챗GPT를 쓰면서 내 안에서 풀리지 않던 문제들을 많이 해소하고 있다. 물론 아직은 주로 기능적인 부분에 그치치만 말이다. 가령 논문을 써놓고 영어로 번역을 하는 문제나, 번역을 하고 나서 더 나은 표현으로 가다듬는 부분들은 챗GPT 같은 언어 모델 서비스들이 훨씬 잘한다. 그뿐이랴. 최근에는 어린이들을 대상으로 하는 과학 강연을 하고 왔는데, 모든 자료의 일러스트를 AI로 그렸다. 요즘은 내가 고치고 싶은 부분도 AI와 상호작용하며 수정할 수 있어서 만족스럽다.

논문의 사례로 다시 돌아가면, 나는 지금이 똑똑한 사람들과 똑똑한 AI의 조합 1단계라고 생각한다. 머릿속에 든 많은 것을 풀어낸 뒤에 필요한 마지막 점검을 AI가 도와주는 단계이다. 지식 혹은 지혜를 생성하는 협업을 인간과 기계가 함께 하는 셈이 된다.

2단계는 조금 더 적극적인 형태가 되지 않을까? 기계를 활용해 사람이 머릿속에 흩뿌려놓은 기억들을 재조합하는 것이다. 실제로 요즘 AI 스타트업들의 서비스를 보면 사용자가 얼핏 열어봤던 웹페이지 정보들을 모아두었다가 필요한 순간에 AI가 개입해 "혹시 이 자료 다시 보여드릴까요?"라는 식으로 사람을 돕는다. 그러면 사람은 잊고 있던 그 정보를 우연한 기회에 다시금 떠올리며, 필요에 맞게 정보들을 재조합해 새로운 지식을 만든다.

마지막 단계는 아직 감이 오지 않는다. 하지만 그 순간에도, 적어도 지식 생성 과정에 사람이 머리를 쓰게 만드는 일은 분명히 남아 있으리라 생각한다. 더 고급 기술과 더 고급이 된 사람이 어우러져서 더 고급의 지식을 만들어낸다면, 세상은 더 진보할 수밖에 없지 않을까. 이런 와중에 기술은 더 공평하게, 더 많은 사람들에게 사용 기회가 주어져야 한다는 의식도 강력하게 퍼지고 있다. 이런 분위기라면, 사람들이 상향 평준화되지 않을까.

우리는 더욱 똑똑해진 사람들이 만들어갈 세상을 상상하고 있다. 그동안의 불합리했던 지점들을 콕 집어내서 효율적으로 문제를 풀 수 있다. 물론 갈등도 분명히 더 많아질 것이다. AI 기술에 대한 접근의 격차에 대한 논의는 더 뜨거워질 것이다. 누군가는 분명히 일자리를 잃을 것이고, 살아남은 자들도 그 과정에서 밀려날 수 있다. 그래서 되도록 다양한 사람들이 같은 속도로 AI 기술에 익숙해져야 하는 것이다. 융합적인 사고, 경계 없는 협업이 이제는 생존과 직결한 필수적인 과제가 됐다.

창작의 왕

누구나 한 번쯤은 소설을 써봤을 거다……. 나만 그런가? 쑥스러운 과거를 하나 털고 가자면, 맞다. 나는 단편소설을 한 편 써서 신문사에 보내본 적이 있다. 본명으로 보내는 것은 민망해서 작가들이 많이 쓰는 필명을 만들어 우편물을 부쳤다. 그다지 이야기꾼도 아니고, 필력이 작가에 비견할 만한 것도 전혀 아니나, 그 당시 내가 처한 암울한 상황을 SF적으로 그려 비극적인 결말로 마무리 지은 살벌한 저작이 하나 있었다. 혹시라도 등단하면 어떡하나, 인터뷰 상황까지 상상해봤지만, 그런 일은 벌어지지 않았다. 지금은 애플 클라우드 문서함 어느 구석에 박혀 있을 것이다. 굳이 꺼내 보고 싶지는 않다. 그 소설의 느낌을 한 문장으로 표현하자면, '나도 ㄱr끔 눈물을 흘린 ㄷ r' 같은 옛 감성이랄까?

그런데 이 당돌한 시도는 사실 오래전부터 품어온 마음에서 비롯됐다. 친척 중 번역가가 있는데, 그분이 늘 한국어와 일본어를 번갈아가며 책을 한 권씩 뚝딱 만들어내는 모습을 어릴 때부터 동경해왔다. 한국 소설보다 일본 소설을 더 많이 읽게 된 것도 따지고 보면 그분 덕이다. 영어 문장을 스스로 써볼 수 있게 된 열다섯 살의 나는 꽤 파격적인 도전을 했다. 영어로 된 책을 한국어로 옮겨보는 게 아니라, 한국 소설을 영어로 번역해본 거다. 대상 작품은 「사랑 손님과 어머니」였다. 그렇다. 나는 원래 로맨스를 좋아한다.

그렇게 몇 장 정도 되는 소설의 앞부분을 꾸역꾸역 사전을 찾아가며 영어로 한 자 한 자 땀땀이 수놓았다. 성격은 예나 지금이나 급해서, 이만큼이라도 한 걸 자랑하고 싶었는지 당시 시인으로 등단했다고 알려진 담임 선생님에게 가지고 갔다. 아아, 그는 열다섯 살 소녀에게 무척 가혹하게 말했다. "영어 공부를 더 하는 게 좋겠어"라고. 틀린 말은 전혀 아니지만, 아니, 듣고 싶은 말은 그게 아니잖아요! 그때 받은 피드백 이후, 나는 잠시나마 뜨겁게 타올랐던 번역가의 꿈을 접었다. 그 선생님은 안녕하신지.

한동안 잠잠했던 나의 글 창작 욕심은 인문대학에 진학

하면서 다시금 빼꼼 고개를 내밀기 시작했다. 내가 나온 학교는 당시 국문과와 불문과를 비롯한 어문학과와 철학, 사학, 심리학, 교육학과를 모두 한 번에 '인문대학'으로 선발했다. 이후 2학년이 될 때 과를 골라 갔는데, 나는 원래부터 불어를 좋아했기에 묻지도 따지지도 않고 불문과에 진학했다. 그런데 나처럼 일찌감치 국문과에 가기로 결정한 친구들도 많았다. 국어가 좋아서라기보다는 이미 고등학교 때부터 시를 써서 입상을 했거나, 혹은 지속적으로 소설을 쓰며 등단 기회를 엿보는 문학도들이었다. 그 문학도들과 2학년 때 연극 동아리를 만들어 함께 2년 넘게 공연도 했다. 모두 연기도 희곡도 잘 몰라서, 누군가는 소주를 원샷하고 나서야 무대에 올라갔고, 누군가(나)는 대사를 외우지 못해 끝까지 허둥댔다. 연극부의 이름은 '극단 첫날밤'이었다. 시를 써서 입상한 친구가 지었는데, 후보군으로 '극단 불기둥', '극단 인중' 같은 것이 있었다고 한다. 첫날밤이 가장 무난한 것 같다.

  글 잘 쓰는 친구들과 어울리며 유려한 표현을 듣기는커녕 막걸리와 파전을 곁들이는 날이 더 많아질 즈음, 그 친구들은 야무지게 학내외 각종 문학 공모전에 글을 써서 내곤 했다. 심지어 군대에 가서도 글을 쓰는 친구가 있었다. 한 친구는 인터넷 카페에 소설을 연재했는데 반응이 좋아

출판도 했다고 한다. (그런데 끝까지 우리에게 제목을 알려주지는 않았다. 왜일까?) 친구들은 상상을 세계관으로 구축하고, 그걸 손끝으로 옮겨내는 일을 하고 있었다. 그 시간에 나는 언론사에 들어가기 위해 정해진 틀 안에서 논리적이고 빈틈이 없는 글을 쓰는 것에 몰두해 있었다. 그러나 다른 한편으로는 마음껏 끼를 부리고 싶었다. 그때 페이스북과 트위터가 연이어 나왔다. 나는 나를 아는 누가 되었든, 내 포스팅을 읽으면 "글에서 네 목소리가 들리는 것 같아!"라는 말을 퍽 좋아했다. 그래, 이 맛이야, 하고 생각하면서 단문 텍스트의 세계에 흠뻑 빠져들었다.

그런 개인 특유의 글맛과 색채, 결과 톤을 흠뻑 머금은 AI가 곧 나올 것 같다. '곧'이라는 말도, '같다'라는 말도 다소 책임감 없어 보이지만, 이 책이 출간됐을 때는 이미 과거형이 되어 있을지도 모를 일이다. 그 정도로 AI 기술이 빠르게 발전하고 있다.

이제는 AI로 불가능한 일이 있을까 싶을 정도다. 뉴스를 대신 써주는 AI에 대해 고민하던 시기까지만 해도, 반복적이고 기능적인 글쓰기 정도가 대체 가능할 거라 생각했다. 오픈AI에서 GPT-3를 막 냈던 시기에도, 분명히 체리피킹잘 나온 결과만 쏙 빼서 발표하는 것을 했거나 후보정을 했을 것이라고 의심했다. 그리고 2년쯤 지났을 때 챗GPT가 나왔다.

챗GPT의 무서운 점은 즉각적으로 반영을 한다는 거다. 거대 언어 모델은 기본적으로 많은 양의 데이터를 촘촘하게 학습해 효율적으로 패턴을 재구성한다. 그러니 데이터 세트에 없을 법한 이야기도 제법 잘 꾸며내는 것이다. 그런 데다가 데이터, 그러니까 인간의 요구사항을 꽤 정교하게 파악해내고, 거기에 맞는 답을 해내기도 한다. 만일 "내가 대한민국에서 십대를 보낸 스물세 살 프랑스인이라고 생각하고 350자로 연애편지를 써줄래?"라고 한다면, "미국에서 십대를 보낸 스물세 살 아르헨티나인"의 연애편지와 다르게 나올 것이다.

입력: 내가 대한민국에서 십대를 보낸 스물세 살 프랑스인이라고 생각하고 350자로 연애편지를 써줄래?

출력: 안녕하세요, 아름다운 분. 스물세 살의 시간이 흘러도 마음속 깊은 곳에서 당신을 항상 사랑했습니다. 대한민국의 아름다운 풍경 속에서 당신과 보낸 시간은 나의 가장 소중한 추억입니다. 당신의 미소는 나의 하루를 밝게 만들어주고, 당신의 행복은 나의 행복입니다. 이제 프랑스에서 당신을 기다리고 있지만, 마음과 마음은 언제나 가까이에 있습니다. 언제나 당신을 응원하며, 당신의 사랑을 소중히 여기겠습니다. 우리의 추억은 언제나

내 마음속에 살아 숨 쉴 것입니다. 당신을 사랑해요. 당신의, [당신의 이름].

입력: 내가 미국에서 십대를 보낸 스물세 살 아르헨티나인이라고 생각하고 350자로 연애편지를 써줄래?
출력: 안녕하세요, 소중한 이. 미국의 도시 속에서 우리의 청춘을 보냈던 그 시간, 당신과 함께한 모든 순간이 나의 마음속에 깊이 새겨져 있어요. 이제는 아르헨티나의 땅에서 당신을 그리워하며, 이렇게 글을 씁니다. 당신의 웃음과 사랑, 그리고 우리가 함께 나눴던 모든 이야기들이 내일의 희망을 불어넣어줘요. 물리적인 거리가 있더라도, 마음은 항상 당신과 함께합니다. 내 사랑은 변하지 않아요, 언제까지나 당신만을 사랑할게요. 당신의, [당신의 이름].

아직 뉘앙스가 완벽하진 않지만, 특정 커뮤니티의 맥락을 파악하고 그 안의 사람들을 표본화하는 것은 거대 언어 모델이 할 수 있는 중요한 기능이다. 최근에 진행한 연구에서도 이런 내용을 확인했는데, 예를 들어 밤늦게 여성 혼자 돌아다니는 것을 프랑스에서 할 때와 한국에서 할 때 어느 쪽이 더 위험한지를 거대 언어 모델에게 물었을 때 꽤 정확하게 답을 내어주는 것을 알 수 있었다.

요새는 적은 양의 데이터만 있어도 특정 작품의 스타일을 빠르게 학습해, 마치 작품집의 일부인 것처럼 작가의 패턴을 그대로 구현할 수 있는 가능성도 계속 늘고 있다. 어느 분야에서든 제작 과정의 효율화나 작가 능력의 보존이 필요하다면 충분히 검토해볼 만한 기술인 셈이다. 적당한 비즈니스모델이 발굴된다면, 그리고 그 생산물을 기꺼이 거래하는 시장의 규모도 충분히 크다면, 자본 또한 빠르게 유입될 것이고 인력은 더욱 몰려들 것이다. 그러면 기술 성장 속도는 전보다 더 가속도가 붙을 거다.

그럼 창작자들은 이제 어쩐담. 창작의 정의는 무엇이 된담. 개인적으로는 다소 복잡한 감정에 휩싸여 있다. 시장 측면에서는 생산물이 많아지면서 공급의 주도권을 가지는 게 중요해지고, 이렇게 되면 기존에 권력을 지닌 플랫폼들이 더 큰 힘을 가지게 될지 모른다. 기술의 결과물이 흥행하는 것이 중요한 기술 회사들은 권력자들의 문을 두드릴수밖에 없다. 권력자들은 기술을 손에 쥐고 더 빠르게 자신들의 세계관을 확장할 것이다. 그러면 신인 작가나 주류에서 밀려난 작가들은 기회를 잃고, 더 큰 격차를 체감하게 될 것이다. 갈수록 자극적인 콘텐츠가 늘어날 수도 있고, 문화 생태계가 망가질 수도 있다. 하지만 다른 한편으론 기존에 과정이 복잡하고 비용이 많이 들어서 제대로 도전하지 못했던 것, 예를 들면 웹툰 창작을 기획부터 완성까지 직접 해볼 수 있게 된다는 점에서 기대도 된다. 독자 입장에선 더 다양한 주제를 읽고 보게 될 거니까.

AI 기술이 창작의 효율을 크게 높여줄 수 있는 세상이 됐지만, AI 자체가 창작의 왕이 될 거라고는 생각하지 않는다. 이건 마치 우마차가 돌아다니던 시절에 자동차가 새로운 이동 수단으로 등장했음에도 '이동의 왕'이라는 주체는 여전히 인간인 것과 같은 이치이다. 차가 혼자 주관을 가지고 이동을 하지는 않으니까, 이동에 대한 의지를 지닌 인간들이 서로 누가 더 많이 돌아다닐지를 겨루게 되지 않을까? AI 기술은 그 왕들을 위한 도구가 될 거다. 그러니, 창작자들은 이제 새로운 '왕좌의 게임'을 치르게 될 것이다. 혹시 나에게도 기회가 온 것은 아닐까?

멍 때리는 걸
도와주는 장치

비밀리에 운영 중인 '책스타그램'이 하나 있다. 업데이트를 못 한 지는 오래되었다. 끝까지 읽은 책만 올리는 계정인데, 2023년 들어 손에 든 모든 책을 전반부만 읽고 내려놓기를 반복하는 바람에 도통 책 표지를 찍어 올릴 수가 없었다. 읽다 만 많은 책에 대해선 나름의 할 말이 있다. 한동안 책을 '정보를 취득하는 창구'로 봤기 때문일 수도 있다. 장르에 따라 다르긴 하겠지만, 저자의 솔직한 고백이 용기 있게 반영된 책이 얼마나 많은데! 그런 책 한 권 뚝딱 읽어내고 나면 저자와 사랑에 빠지는 건 시간문제다. 아, 이 책을 읽는 독자 가운데도 나에게 애정을 가지는 분이 부디 있기를 바랄 따름이다.

2023년은 책을 다 읽지 못한 것은 둘째 치고, 책 자체를 손에 들기 힘들던 날들이기도 했다. 이유가 있었다. 머릿속이 너무 복잡했다. 2023년 1월부터 초여름까지 내내 이어진 인공지능 기술의 엄청난 발전은 내 뇌와 신경세포를 죄다 차지했다. 눈 뜨고 일어나면 새 제품과 아이디어가 발표되는 나날이 여러 달 동안 이어졌다. 그마저도 죄다 태평양 건너에서 경쟁적으로 벌어지는 일들이었다. 아침 6시쯤 쎄한 기운을 느끼며 휴대전화를 열어보면 여지없이 마이크로소프트와 구글, 오픈AI와 메타가 내놓은 발표가 나와 있었다. 그런데 그 내용이 하나같이 산업계를 휘저을 만큼 위력적이어서, 나는 매일 정보를 분석하고 시나리오를 업데이트해야 했다. 말 그대로 지축을 흔드는 일이 실시간으로 벌어지고 있었다.

일이 와르르 쏟아지면 사실 그 안에 나도 뒤엉켜 정신을 잃기 때문에 아무 생각도 할 수 없다. 5월 말쯤 되어서야 기업들의 경쟁 구도가 살짝 느슨해졌다. 속도가 느려지니 나도 숨 쉴 틈을 찾았다. 숨을 쉬니 약해진 면역력을 파고들듯 외부의 균들이 침투했다. 어릴 때도 시험이 끝나면 바로 아파서 영 억울했는데, 이번에도 긴장감이 풀리자마자 바로 병이 들었다. 그런데 문제가 있었다. 시험이 끝나면 공부한 것을 잊어버려도 되었지만(물론 시험 출제자의 의도와는 차이가 있지만), 직업의 관점에선 지금까지 머릿속에 넣은 정보를 비워낼 수가 없다. 비움 없이 잠시 정리했다가 또 퍼즐을 맞추듯 조각들을 끼워 넣는 일이 반복된다.

그즈음 나와 경험과 사고가 연동된 아바타가 있었으면 좋겠다고 생각했다. 나랑 비슷한 홍길동 같은 아바타가 하나 있다면 좋겠다. 내가 삼청동에서 사람을 만나는 동안 내 아바타는 삼성동에서 학회에 참석하면 좋겠다. 그리고 각자가 미팅과 학회에서 얻은 데이터를 클라우드 서버 같은 데서 연동하고, 이걸 잘 매만지는 시스템이 가동돼서 인사이트를 촤르륵 쏟아줬으면 좋겠다. 그러면 지금처럼 혼자 과부하된 머리통을 가지고 두통에 시달리는 일도 없을 테고, 자다가도 문득 떠올리게 되는 '24시간 지식 노동'의 굴레에서 조금은 해방될 수도 있을 것이며, 생각이 이어져서 정수리가 달아오르는 일도 없을 테니 말이다.

디스토피아적 미래를 그린 넷플릭스 오리지널 드라마 〈블랙 미러〉의 한 에피소드는 이런 나의 해이한 정신을 번쩍 들게 해준다. 여기에는 '나'의 경험을 그대로 가지고 가상공간으로 간 아바타가 나온다. 안타깝게도 그 아바타에게는 본체의 의식이 고스란히 부여되는데, 이 때문에 결국 그 아바타는 크게 고통받는다. 가상이든 실재든 어딘가에 나를 기능적으로 투영한 존재가 있고, 그것을 통제하게 되면 퍽 고민할 것이 많겠구나 싶다. 하물며 기계뿐일까. 많은 부모는 자식에게 자신을 투영하고 기대한다. 경험을 나누어 주고, 지식을 데이터로 전달한다. 하지만 역사가 말하듯, 자식은 뜻대로 안 된다. 마치 엄마가 "제발 멍도 좀 때리고 살아"라고 말해도 나는 좀처럼 말을 안(못) 듣듯 말이다.

멍 때리는 걸 도와주는 장치가 절실한 요즈음, 나는 아바타 대신 다른 창구를 찾았다. 본능에 충실하도록 도와주는 도구, 바로 운동이다. 운동을 하다 보면 내 몸의 한계를 알게 된다. 딱 내가 뛸 만큼 뛰고 나면 그걸로 족하다. 10킬로미터를 달리면서 샘 올트먼Sam Altman, 오픈AI CEO의 얼굴을 떠올리고, 마이크로소프트가 겨울에 낼 제품을 생각하고, 애플의 새로운 VR 기기에 탑재될 소프트웨어를 상상하면 결코 완주할 수 없다. 대신 응원봉을 흔드는 크루들을 보고, 좀처럼 달리기 어려운 서울 한복판 4차선 도로를 온전히 즐기고, 앞 사람의 들썩이는 어깨와 같은 호흡으로 뛰고, 결승점까지 전속력으로 뛰면서 웃는 얼굴을 유지할 수 있도록 신체적인 감각을 궁리하는 것이 완주에 유리하다. 그렇게 한 시간만이라도 최선을 다해 멍 때리고 나면, 그날 하루는 지쳐서라도 푹 쉴 수 있다. 그러니 우리 모두 실컷 뛰고, 지친 채로 잠들고, 산뜻하게 다음 날을 맞이하자. 근육통은 생각보다 오래가겠지만, 뇌 근육은 잠시나마 말랑해질 수 있다.

사람들의 복잡한 머릿속을 해결해줄 서비스들이 그래도 조금씩 나오고 있다. 우리가 스치듯 클릭했던 데이터를 기반으로 정보를 다시 배치해주는 서비스들도 소개되고 있고, 이메일과 각종 문서를 연동해 사내 챗봇을 가동하려는 움직임도 활발하게 일어나고 있다. 물론, 쉽게 '떠먹여주는 정보'에 젖어 수동적으로 머무는 사람이 늘어날지도 모른다. 하지만 '바보상자'로 불리던 TV에서, '타락의 온상' 같던 인터넷 커뮤니티에서, '인생 낭비'라던 SNS에서 사람들은 이제 인사이트를 주고받고 있다. 이다음 매체라고 할 수 있는 AI 기술과 함께 세상은 한 번 더 진보할 수 있는 발판을 확보했다고 생각한다. 그와 동시에 단지 정보 취득용이 아니라 다른 사람의 세계를 들여다보고 탐구하고 공감할 수 있는 책을 보며 자신의 세계를 잔잔하게 다져가리라 생각한다.

AI의 밥을 짓는
사람들

AI 모델은 기본적으로 사전 학습된 데이터를 필요로 한다. 우리가 교과서로 익히고 생활 속에서 발견한 여러 지식들을 토대로 '결정'이라는 행위를 하듯, AI 모델에게도 그 결정에 이르게 할 데이터가 필요하다. 많은 경우 인터넷 공간에 떠 있는 정보를 수집해 훈련시키지만, 특정 업무에 초점을 맞춘 모델은 그 업무 자체에 어울리는 데이터를 활용해야 한다. 그래서 그에 맞는 데이터를 새로 만들거나 조정하는 일이 종종 필요하다.

정부에서는 2020년부터 데이터 레이블링 사업, 일명 데이터 댐 짓기 사업을 진행했다. 이 사업의 골자는 이미지나 텍스트, 음성 같은 데이터에 이름을 붙이는 것이다. 예를 들어 꽃 사진을 두고 그것이 장미인지 난초인지 이름을 붙여서 구체화된 꽃 사진 데이터세트를 만든다. 이 과정에는 이미지 데이터를 제공하는 주체가 필요하고, 그 이미지들에 이름을 붙이는 다수의 사람이 필요하다. 이 이름을 붙이는 사람들을 '레이블러'라고 한다.

레이블러들의 일은, 일부 미디어에서 '인형의 눈을 꿰는 일'이라고 빗댈 정도로 비교적 단순하고 반복적인 일로 알려져 있다. 컴퓨터만 있으면 집에서도 쉽게 일을 할 수 있고, 하루에 몇 시간만 투자해도 되다 보니 남녀노소 할 것 없이 레이블러로 데뷔한다. 박사과정이 한참 진행되던 어느 날, 나는 레이블러들의 일을 아주 가까이에서 관찰하고 연구하는 역할을 도맡게 됐다. 내가 진행한 연구는 레이블러들이 발생시킬 수 있는 데이터세트의 편향성에 대한 것이었는데, 편향성은 단지 이들이 지닌 생각이나 이들을 둘러싼 환경 때문에 발생하는 것만은 아니었다. 업무 중에 발생하는 체력적 한계나 도구의 문제도 편향성에 한몫 거들고 있었다.

대표적인 예시가 있다. 나의 연구 활동을 보고 레이블러로 취업한 어머니가 겪은 일들이다. 레이블러 교육에 열심히 참여하고 있던 어머니가 마주한 테스트가 무척 인상적이었다. 매일 IT 기기를 조물조물 품고 사는 딸 입장에서는 딱 봐도 너무 쉬운 숙제들이 놓여 있었다. 파워포인트에서

두꺼운 선으로 붉은색 원 그리기, 엑셀에서 표 만들어서 워드 파일에 붙여 넣기, 인터넷에서 주어진 질의 내용 검색한 뒤 내용 긁어서 이메일 창에 붙여 넣기, 휴대전화의 사진을 컴퓨터로 옮기기 등등.

환갑을 갓 넘긴 어머니는 비교적 젊은 시절부터 집에 있는 컴퓨터를 만져왔고, 매일 아침 휴대전화로 주식 시황을 보고, 카카오톡을 시시때때로 붙들고 있으며, 밤마다 유튜브를 보고 듣다 잠이 드는 사람이다. 비교적 디지털기기에 대한 친밀도가 높은 편이다. 그런 어머니가 다 잘해놓고 의외의 부분에서 헤매고 있었다. 컴퓨터 화면에서 텍스트를 긁어 블록을 설정하는데 자꾸만 그 블록이 풀렸다.

생각보다 많은 사람이 기계와의 만남 앞에서 절망한다. 어머니의 블록이 풀리는 이유는 꽤 단순했다. 자세히 살펴보니, 마우스로 드래그한 뒤 손을 뗄 때 순간적으로 엄지손가락 끝이 떨리는 것이었다. 순간적으로 더블클릭하는 셈인데, 이렇게 되면 블록이 풀릴 수밖에 없다. 젊을 땐 안 그러다가 나이 들어 그러는 이유를 도무지 알 수도 없고, 그에 기반을 둔 인체 물리적인 이유 또한 알 수 없었지만, 자꾸 풀리는 블록으로 인한 어머니의 정신적 스트레스는 충분히 확인했다. 운영체제의 설정 창에 들어가 마우스의 감도를 조정하니 포인터의 속도가 조금 느려졌고, 블록을 만드는 것도 한결 나아졌다. 하지만 여전히 드래그는 긴장감을 주었다. 나는 장비 탓을 하며 새 마우스 구매를 시도했다. 어머니는, 당신의 모친이 생전에 휴대전화 화면에 띄워진 번호를 도저히 못 누르는 게 참 희한하다고 생각했다고 한다. 손으로 숫자를 누르는데 자꾸만 다른 번호가 눌리더라는 것이다. '나이 드니 별것이 다 안 된다'고 생각했는데, 그게 지금 본인의 이야기가 된 것 같다며 씁쓸해했다.

예상외로 사람들은 단순하고 간단해 보이는 지점에서 헤맨다. 의외로 많은 이들이 원이나 사각형을 그리는 것에서부터 애를 먹는다. 이미지에서 특정 객체에 구역을 지정해 이름을 달아줄 때 필수적인 것이 바로 이 '도형 그리기'이기 때문에, 집중적인 연습이 필요하다. 사람들은 단순해 보이는데 잘 안 되는 지점들에서 좌절감을 느낀다. 살아온 세월과 쌓아온 경력으로 높아진 자존심에 체면상 남들에게 이 쉬운 걸 물어보지도 못한다. 혼자만 못 하는 것이 절대로 아닌데 말이다.

그런데 사실은 이 모든 게 기계의 잘못이다. 만일 기계가 시니어나 사회적 약자 들을 고려해 디자인됐다면 모두가 힘들지 않았을 일이다. 물론 휴대전화(아이폰 기준)에는

'손쉬운 사용'이라는 제하의 맞춤형 설정들이 마련돼 있다. 노안을 배려해 화면 내 글씨 크기를 일괄적으로 키울 수도 있고, 청력저하인 이들을 위해 스피커 소리를 더 키울 수도 있다. 터치 감도도 조정할 수 있다. 청각장애인을 위해 통화 시 화면으로 자동 전환되는 기능도 있고, 시각장애인을 위한 점자 디스플레이 연동 기능도 있다.

이마저도 누군가 설정 화면에 들어가 복잡한 메뉴를 헤집고 일일이 맞춤형 설정을 해주지 않으면, 혼자서는 너무 복잡해서 엄두가 안 난다. 어렵사리 설정해도 여타 앱과 연동되지 않는 경우도 허다하다. '화면 확대'만 해도 실제 많은 앱에서 글씨가 깨지고 화면 디자인이 이탈하는 경우가 왕왕 벌어지곤 한다. 휴대전화 화면은 너무 작고, 스크린 크기를 키우면 시니어들에게는 손목에 무리가 갈 정도로 너무 무겁다. 그렇다고 안 쓸 수는 없는 것이, 어딜 가나 QR코드를 제시해야 한다.

갤럽에 따르면 2021년 6월 기준 60세 이상 여성의 77퍼센트, 남성의 90퍼센트가 휴대전화를 사용하고 있다. 다양한 분야에서 시니어를 위한 앱이 출시되고 있고, 더 편히 쓸 수 있도록 돕는 부가 기능이 붙고 있지만, 발상을 바꿔서 기본 설정 자체가 이들에게 더 맞춰질 수는 없는 걸까? 애초부터 배리어프리나 유니버설 디자인 같은, 누구에게나 편한 디자인을 채택하면 어떨까. 누가 쓰든 애초부터 글자 크기도 화면에 큼직하게 출력되고, 제일 많이 쓰는 기본 앱은 정말 직관적으로 가장 돋보이게 만드는 거다. 디자인이 조금 투박해 보일 수는 있어도, 이게 디폴트가 되면 사람들은 어쩌면 더 편하게 더 많이 기기를 활용하게 될지도 모른다. 우리는 생각보다 많은 이들을 기술로부터 배제하고 있는지도 모른다.

왜 우리는 그때 그걸
떠올리지 못했을까

태어날 때부터 디지털기기에 둘러싸여 태어난 세대를 디지털 네이티브라고 한다. 나도 여기에 들어간다. 태어날 때는 컬러 TV가 있었고, 초등학교 때는 삐삐와 PC와 천리안이 있었으며, 중학교 때 손바닥만 한 시티폰을 썼고, 고등학교 입학 선물로 CD 플레이어를 받았다. 고등학교 3학년과 대학생 때는 싸이월드와 페이스북을 밥 먹듯이 즐겼고, 사회생활을 시작하고 지금까지 애플의 충성 고객이다. 디지털 네이티브의 웬만한 요건은 다 갖출 정도로, 아톰atom, 물리적인 세계의 가장 작은 원자 단위에서 비트bit, 디지털에서 가장 작은 단위로 옮겨가는 모든 것을 체화한 세대가 우리 세대 아닐까 싶다.

그런 나에게 가장 충격적인 사건은 2014년 4월의 세월호 참사였다. 이날의 기억은 모두에게 각자의 방식으로 편집되어 있을 것이다. 누군가는 오전 출근길, 아이들이 전원 구조됐다는 것을 보며 "배가 바다 한가운데 가라앉았는데도 어떻게 다 구조했을까? 정말 굉장하다"라는 말을 했다고 했고, 점심시간 즈음 거의 구조가 되지 않았다는 소식에 무너져 내렸다고 했다. 누군가는 그 시각에 상사에게 된통 깨졌고, 누군가는 회식 장소를 예약하고 있었다.

나는 당시 주말판 기사를 쓰는 팀의 사회부에 있었다. 오전까지는 큰일은 아니겠거니 싶어 일단 대기하고 있었다. 속보를 한참 기다리다가 평소보다 늦게 점심을 먹으러 회사 앞 곱창전골집에 갔다. 쌀쌀한 봄날이었다. 한 숟갈을 뜰 즈음 속보가 떴다. "출장 짐 싸야겠다"라는 부장의 말이 귓가에 아롱아롱 번져왔다. 다음 날은 결혼한 지 3개월 된 남편의 생일이었다. 집에 가서 얼른 미역국을 끓여주고, 생일 축하 노래 대신 눈물을 한 사발 흘린 뒤 진도로 향했다. 나에겐 세월호 참사가 이런 장면들로 시작한다. 이후 한 달 넘게 진도와 서울을 오갔다. 팽목항에 알코올 소독 냄새가 나던 날은 어김없이 유족들의 통곡이 이어졌다. 목포에서 진도로 넘어가는 길은 유독 파꽃이 절경을 이루었는데, 요즘도 파꽃만 보면 부모들의 찢어진 슬리퍼, 검게 그을린 얼굴 주름, 진도 체육관 뒤 힘없이 흘

날리던 빨랫감이 떠오른다.

　그러나 그 모든 순간 가운데서도 가장 충격이 컸던 건 다름 아닌 부장의 한마디였다. "애들이 다 휴대전화를 끼고 있었을 텐데, 그때 배에서 나오라고 문자 하나 떴으면 애들 몇은 살았을 거 아닌가"라는 말이었다. 그랬다. 디지털 네이티브라고 그렇게 떠들고 다녔던 나조차도, 그 순간에 이런 메시지 하나였으면 한 명이라도 더 살 수 있었으리라는 생각을 못 했다. "야, 오피셜 떴다. 나가자!" 이렇게 자리를 박차고 나왔을 아이들을 떠올리면, 나의 디지털적 상상력은 한참 못 미쳤다는 생각에 안타까웠다.

　이때의 경험과 감각은, 얼마 뒤 기술을 공부해야겠다며 회사를 박차고 나간 계기와도 연결된다. 사람에게 직접 도움이 되는 무언가를 만들고 싶어졌다. 그러나 2022년 10월, 이태원 참사 때도 우리는 어떠한 기술적 도움도 주지 못했다. 사람이 몰려 통신이 제대로 터지지 않는 곳에서, 특정 골목으로 더 이상 가서는 안 된다는 메시지는 제대로 오가지 못했다. 구급차에 길을 터줘야 한다는 말도 통하지 못했다. 어떻게 해야 참사를 막거나 피해를 줄일 수 있었을까? 아직 나의, 그리고 우리 사회의 디지털 상상력은 한참 키워져야 한다.

과학적으로,
논리적으로

언론사에 입사할 때 두 종류의 글을 준비한다. 하나는 논술이다. 2천 자 분량의 글 속에 논리 구조가 정연하게 들어간 글이다. 다른 하나는 작문이라 하는데, 특정 키워드에 대해 자기만의 시선을 가지고 스토리를 완성하는 글이다.

논술은 정해진 틀 안에서 한 치의 빈 구석 없이 읽는 사람을 설득하는 기술이 중요하다. 문장 간의 이음새도 중요해서 "여기서 이 문장이 왜 나와?"라는 생뚱맞음이 도저히 허용되지 않는 부류의 글이다. 논술의 주제도 시의성이 있는 경우가 많다. 가령 내가 처음 시험을 봤던 2008년에는 촛불시위와 베이징올림픽 이후 반한감정, 교과서 개정 논란 등에 대한 문제가 많았다. 꼭 정치적 사상 검증을 하는 건 아니지만, 언론사를 준비하는 수험생들의 경향을 확인하는 용도도 있었으리라 생각한다. 다만, 전략적으로 타 학생들이 쓸 직한 방향을 일부러 피해서 쓰는 경우도 있었다. 그래야 "이 친구는 왜 이렇게 쓴 거야?"라고 한 번이라도 더 눈에 띌 수도 있을 테니까. 결론부터 말하자면, 어떻게든 잘 쓰면 합격한다.

작문은 치밀한 전개보다는 '어떻게 이 키워드를 가지고 이런 상상을 했지?'라는 지점이 중요하다. 평이한 키워드도 많지만, 특이한 주제가 나오기도 한다. 문득 작문 시험 문제들을 모아둔 인터넷 카페에 들어가 그 시절 문제들을 보는데, 당시 KBS에선 "지금 나에게 휴대전화와 인터넷이 없다면?"이라는 문제를 냈었다.

나는 2011년 이직을 하면서 다시 여러 방송사의 시험을 치렀는데, 그때 KBS 작문 주제는 "반기문 유엔사무총장이 연임에 성공했다는 전제하에 연설문을 쓰라"는 것이었고, 《중앙일보》는 보티첼리의 〈비너스의 탄생〉을 거꾸로 뒤집어둔 그림을 문제로 제시했다. 하나같이 극악한 난이도가 아닐 수 없다. 그 시절 수험생들 사이에선 '보도국장 방에 걸린 그림을 책상에 엎드려서 보다가 문득 문제를 냈을 것이다', '시험 문제 낼 타이밍에 논설위원이 신문을 펼쳐서 눈 감고 주제어 하나를 찍었을 것이다'와 같은 다양한 억측이 난무했다. 흠, 합격 후 회사에 물어본다는 것을 깜빡했다.

글은 짧은 시간 내에 많이, 잘 써야 한다. 그래서 시험 준비 기간에 커다란 논술용 원고지를, 수능 이후 근 4년 만에 새로 구매해(학교 문구점에서 판다) 깨알같이 글자를 박아나갔다. 기본적으로 악력을 중심으로 한 전완근이 길러진다. 문제지 한편에 간단하게 스케치하듯 구조화해둔 글의 개요를 보고, '내가 뭐라고 쓰려고 했지?' 같은 생각이 들지 않게끔 하는 기억력과 집중력도 확연하게 좋아진다. 앞에서 말한 것처럼 남들과 차별화를 하기 위한 갖은 꼼수, 아니 순발력도 강화된다. 그리고 아무리 긴장해도 배가 아프지 않은 '배변 훈련'도 덤으로 된다.

이런 능력을 탑재하고 입사하면, 모든 것이 포맷된다. 이상하다. 기사를 쓰겠다고 하는데, 도무지 그 짧은 글의 구조가 머릿속에 박히지를 않는다. 복잡한 사건을 알짜만 간결하게 뽑아 쓰는 건 수습기자들 사이에서 감히 상상도 못 할 경지다. 수습기자 시절은 글쓰기가 아니라 더 많은 취재원 확보하기, 더 빠르게 취재하기, 더 자세한 정보 수집하기, 더 많은 소맥 마시기 같은 일이 훨씬 돋보이기도 하니까.

비로소 기사를 쓸 수 있게 된 시점부터는, 어쩌면 정신적으로 더 고된 생활이 시작되는지도 모른다. 조사 하나만 바꿔 글을 마법같이 고치는 '기사 장인'을 데스크로 만나는 건 정말 최고의 행운이다. 내 글이 업데이트되자마자 키보드에 손부터 올려 처음부터 아예 다시 쓰는(자신의 글투와 입맛대로) 데스크를 만나면…… 그건 나의 개선을 기대하기 힘든 상황이다. 그래도 뚜벅뚜벅 열심히 써나간다. 데스크 대부분은 이상한 표현, 들어낼 문장, 빠진 내용을 빨간 펜으로 그어(종종 샤우팅에 가까운 육성을 곁들여서) 나에게 돌려보낸다.

자, 그렇게 기사를 잘 쓰게 된 다음 나는 학계로 갔다. 놀랍게도, 여기서도 모든 것이 포맷된다! 논문이나, 시험 준비할 때의 논설문이나, 회사 다닐 때의 기사가 무엇이 다르겠나 싶지만, 논문은 아예 다른 글이었다. 자질구레한 미사여구는 다 뺀 담백한 표현 같은 것을 백날 잘 써도, 소위 '학계의 문장'은 결이 다르다. 특히 나는 이공계 대학원에 와서인지 문장에 대한 낯섦이 나에게도, 그리고 교수님에게도 있었다. 뭐라고 설명하기 참 힘든 어려움. 그나마 다행스럽게도(?) 내 전공인 HCI 분야에 2017년쯤부터 사회과학과 철학 쪽에서의 진입이 크게 늘었다(아무래도 사람을 연구해야 하는 영역도 있다 보니). 오죽하면 영국 옥스퍼드대 HCI 전공 학자의 논문은 어찌나 글투가 화려한지 나조차도 읽기 어려웠다.

학계의 논문도 결국 문장과 문장 사이가 얼마나 치밀하게 연결이 잘 되고 주장을 뒷받침하는지가 관건이다. 모든 문장의 목표는 '이 연구가 정말 중요하다'는 것을 부각하는 것이다. 그래서 연구 요약부터 시작해 연구 배경, 선행 연구, 연구 방법과 결과, 토론할 내용, 기여점과 한계, 그리고 마무리와 참고 문헌으로 이어지는 이 틀 안에서 군더더기 없이 마법이 벌어져야 한다. 논문을 처음부터 끝까지 읽는 사람은 나와 공저자와 리뷰어뿐이라는 우스개가 있지만, 가끔 흥미로운 연구들에 대해서 샅샅이 뜯어보고 검증하는 연구실도 있다(물론 내가 흥미로운 연구를 쓴다는 전제하에).

여기서 제일 중요한 건 제목이다. 논문을 읽는 대부분의 사람들은 제일 먼저 제목을 보고, 요약을 읽고, 결과를 훑는다. 그러니 제목이 정말 중요하다. 어떻게 하면 좀 더 그럴듯하게 포장해 논문 인용수를 더 올릴까 고민한다. 물론 이렇게 해도 내실 없는 논문은 일찌감치 걸러진다. 논문 요약문도 중요하다. 논문 요약문과 제목에 웬만한 주요 문장 및 표현이 다 들어가 있어야 한다. 그래야 비로소 열 장도 넘는 논문을 타 연구자들이 다운받아주신다. 키워드 검색이 잘 되는 것도 중요하다. 마치 비즈니스에서 검색엔진에 잘 걸리는 키워드를 활용해 마케팅하는 방법을 쓰듯, 요약문과 제목 쓰는 일도 전략적으로 해야 한다. 물론 많은 경우, 논문 마감일에 허겁지겁 마무리하느라 전략이고 뭐고 신경 쓸 겨를이 없지만.

이렇게 학계에서도 훈련을 했다면, 투자사로 옮겨온 지금은 천하제일 논술 일타강사가 되어 있어야 할 것만 같다. 결론부터 말하자면, 아니다. 여기에서는 또 다른 글이 나를 기다리고 있었다. 이른바 '투자 논리' 내지 '투자 철학'을 정리한 글, 즉 인베스트먼트 테시스Investment Thesis다.

이 글은 해당 회사가 지닌 투자에 대한 생각을 선명하고 간결하게 표현하는 것이 중요하다. 얼마나 간결해야 하냐면, 특히 외국에서 다른 벤처캐피털 사람들을 만났을 때 "너희 인베스트먼트 테시스가 어떻게 돼?"라는 질문에 짧고 굵게 답할 수 있어야 한다. "우리는 AI 기업에 투자해" 같은 말로 어물쩍 넘어갈 수 없다. 이 문서 안에는 세상이 어떻게 변해갈 것인지에 대한 생각, 풀어야 할 문제에 대한 정의, 문제를 해결하기 위한 방안이 정리되어야 한다. 즉, 이건 정말 보통 어려운 게 아니다. 인상적으로 본 한 미국 투자사의 글을 예시로 들면 아래와 같다.

"새로운 테크놀로지 기업들은 우리가 일하고, 놀고, 먹고, 출퇴근하고, 배우고, 사교하는 방식을 재창조하고 있습니다. 우리는 우리의 미래를 만들어가는 이러한 기업들을 믿고 투자하고 있습니다. 이러한 믿음은 창업 과정에 대한 깊은 존중과 새로운 아이디어에 대한 열렬한 관심으로 이어집니다. 우리는 차세대 비디오, 오디오, 커뮤니케이션 및 소셜 플랫폼은 물론이고, 부동산과 교육 분야의 소비자 경험을 근본적으로 변화시키는 앱에 흥미를 가지고 있습니다. 우리는 또한 전 세계 다른 지역의 아이디어와 대규모로 나타나는 새로운 소비자 행동에서 영감을 얻는 글로벌 사고방식의 소유자입니다."

내가 만일 아주 새뜻한 놀이 콘텐츠 플랫폼을 개발해 막 창업을 한 사람이라면, 당연히 위 회사의 투자 팀을 만나보고 싶지 않을까? 바뀌어갈 세상에 대한 생각도 공감대가 있고, 소비자 경험에 대한 고려도 비슷하고, 글로벌 마켓 트렌드를 참고한 전략도 도움받을 수 있을 것 같은 느낌 아닌가. 결국 인베스트먼트 테시스는 결이 맞는 창업자들을 향해 보내는 메시지이기도 하기 때문에, 더욱 명확하게 쓸 필요가 있다. 내가 하는 주요 업무 중 하나가 바로 이 일이다. 과학적으로, 그리고 논리적으로 써야 하는 글의 끝판왕을 지금의 나는 마주하고 있다.

갈수록 인문학이
더 좋아져요

가끔 내가 현실에서 도망치고 싶을 때 찾아뵙는 교수님이 있다. 시점을 가만 따져보니 꽤 일관성이 있었다. 세상이 너무 급변하고 있어서 둥둥 떠 있는 기분일 때, 수많은 정보에 눌려 어느 길이 맞는지 영 갈피를 잡지 못할 때, 그리하여 삶이 너무 팍팍하다고 느낄 때 교수님께 전화를 하거나 직접 찾아뵀다. 언어학을 공부하던 학부 시절에 가르침을 주신 스승님이다.

세상에는 견고한 프레임 때문에 도리어 언어로 설명하기 힘든 것이 많다. 나에게 대표적으로 언어화하기 힘든 것은 바로 인문학의 가치다. 세상의 흐름 자체가 효율과 생산성, 그리고 먹고사는 일에 매여 있다 보니 인문학은 영 무용한 것이라는 취급을 받고 있다. 안타깝게도 '문송

하다(문과라서 죄송하다)'는 말이 생기면서 그 무용론의 농도는 더욱 짙어졌다. 말이 의식을 만든다는 주장처럼, 인문학으로 대표되는 문과의 이미지는 깊이 추락했다. 정치와 교육을 포괄한 세상의 모든 일이 비즈니스가 되면서 대학은 '고객의 수요'를 운운하며 인문학과를 통폐합하기에 이르렀다. 시장주의가 팽배한 분위기 속에서 내가 겪은 인문학의 가치를 선명하게 드러낼 재간이 없었다. 그러니 나로서는 인문학을 지키는 사람들을 찾아가 그들로부터 그 가치를 다시 흡수하고, 언젠가는 선명하게 드러내리라 다짐할 따름이다.

철쭉꽃이 흐드러진 어느 봄날에도 교수님을 찾아갔다. 교수님은 요새는 우리의 의식 바깥으로 스쳐 지나간 공기나 풀 같은 추상적인 것에 관심을 두고 있다고 했다. 내가 "어, 그러고 보니 그거 인공지능 3대장인 제프리 힌턴도 관심을 두고 있는 내용 같아요"라고 하자 교수님은 "너는 역시 엔지니어 기질이 강하구나"라며 웃었다.

고백하건대, 공학 분야 공부를 하면 할수록 나는 인문학을 더 좋아하게 되었다. 손끝에서 만들어내는 감각보다 머리를 굴려 기술을 둘러싼 세상을 보는 게 좋았고, 이미 나온 기술을 잘 쓰는 방법을 고민하는 일이 자꾸만 마음을 끌었다. 발표된 기술을 보면 그 이면이 궁금해졌다. 편견이나 편향은 어떻게 지적하는 것이 좋을까? 어떻게 효과적으로 쉽게 시각화할 수 있지? 이 기술이 누구에게 불리할까? 궁극적으로 이걸 잘 쓰려면 어떡하지? 질문이 꼬리를 물었다. 질문을 던질 수 있는 힘이 인문학에 있다는 것을 절실하게 깨닫는 순간들이 많았다. 그리고 공학계에는 그런 질문에 공감하고 함께 풀어갈 동료가 많지 않다는 사실이 퍽 서글플 때도 있었다.

그래도 나는 운이 좋은 편이었다. 다양한 전공이 모여 있는 학교에 있었고, 그 안에는 기술과 인문학, 사회과학을 끊임없이 연결하고 연구하는 연구자들이 곳곳에 있었다. 현상학을 다루던 철학 수업에서는 기술의 표면적인 데이터를 어떻게 개선할 수 있을지 고민했고, 데이터가 적을 수밖에 없는 멸종위기종 문제에 대해 고민하는 연구자들과는 데이터 기반 모델링을 어떻게 풀어가는 것이 좋을지 몇 날 며칠 머리를 싸맸다. 기술 철학의 최고 권위를 자랑하는 교수님에게는 공부하는 법을 퍽 호되게 교육받았고, 정치 분야의 데이터를 다루어온 교수님에게는 여론조사를 어떻게 더 효과적으로 바꾸어갈 수 있을지에 대한 고민을 기나긴 숙제로 얻었다. 케이팝과 대중문화와 뷰티를 연구하는 연구 팀과 어울린 덕에 모든 것을 구분 짓는 공학적 모델링의 전제에 대해 다시 한번 비판하는 눈을 갖게 됐고, 지구상에 있는 가장 적합한 데이터를 모아 기후 위기 연구를 진행하는 교수님을 만나본 덕에 지속 가능한 발전에 대해서도 다시 생각해보게 됐다. 참 다양한 곳에서 생각을 열어주는 귀한 인연들을 많이도 만났다. 그리고 이 인연들과 질문을 나누고 대화를 이어갈 수 있던 그 기반에는 인문학에서 체득한 고민의 방법과 생각의 확장, 비판적인 사고방식 같은 것이 있지 않았을까 생각한다.

학교에서 고군분투하던 코로나19 시기를 전후해, 누구든 기술을 배워야 한다는 메시지가 사회 곳곳에 강력하게 전파됐었다. 그래서 인문계열 출신인 학생들도 코딩을 배우고, 프로그램을 짜는 교육을 곳곳에서 받았다. 개발자로 취업하기엔 여전히 문턱이 많이 높았을 것이다. 문화적인 장벽도 높고, 편견도 심했을 것이다. 개인적으로는 현장에서 인문계 출신 개발자나 개발을 아는 인문학 전공자들을 만나면 무척 반갑다. 말로 설명하거나 데이터로 레이블링하기 힘든 그 감수성을 서로 나누고 있다는 생각이 든다. 그들이 바꾸어갈 문화와 저변을 기대한다. 다른 사람이 섞여야 조직이 변하고 사회가 바뀌며 문화가 달라질 수 있다. 변화의 최전선에 서 있는 인문학 기반 개발자와 기획자 들을 열렬히 응원한다. 그리고 문득 지치는 순간에, 우리에겐 함께 문학을 읽고 철학을 이야기하고 언어학을 뜯어볼 수 있는 장소와 사람이 있노라고, 꼭 말해주고 싶다.

'그들이 사는 세상'의 언어를
익혀가는 과정

2022년 기준 지구에서 사용되고 있는 언어의 종류는 정확히 7,151개라고 한다. 언어 정보를 수집해 제공하는 웹사이트 에스놀로그의 집계 결과다. 가장 많은 이들이 쓰는 언어는 중국어(만다린)이고, 가장 많은 곳에서 쓰이는 언어는 영어다. 그렇다면 가장 많은 종류의 언어를 쓰는 나라는? 바로 파푸아뉴기니다. 한 국가 안에서 쓰이는 언어가 자그마치 840개라 한다. 한 기사에 따르면 이 나라 부족들은 분쟁 조정을 잘하기 위해 서로의 언어를 배우게 됐고, 그 결과 각각의 세계관과 사유 체계를 이해할 수 있게 됐다고 한다. 서로의 세계를 인정하니 부족들의 언어도 남는 법. 다른 언어를 배우고 지켜준다는 것은 이처럼 타인의 세상을 이해하고 인정하는 방법이다.

언어는 단지 부족과 나라를 가로지르는 민족적 차원에서뿐만 아니라 우리의 삶 속에서 직종과 상황에 따라 달라지기도 한다. 기자로 일할 때는 야마, 와꾸, 하리꼬미처럼 일본어 투의 표현들이 직업을 드러냈다. 공학 분야로 넘어와서는 한글로 발음을 옮기는 것조차 어색한 영어 단어들이 한국어 조사 '은·는·이·가' 앞에 붙어 쓰였다. 영어 개념을 한국어로 적확하게 옮기는 것은 학자들의 중대한 의무이지만 많은 경우 원어를 그대로 활용해버려서 벌어진 일이다. 그러다 투자업계로 옮겨왔다. ROI, KPI, PER 같은 줄임말로 소통 효율을 높이는 곳이라 초반에는 더할 나위 없이 혼란했다.

특정 업계의 말을 익히는 것은 상대와 잘 협업해 훌륭한 결과를 만들기 위한 전제인 동시에 서로에 대한 기본적인 예라고 생각한다. 그런 의미에서 내가 개발자들과 소통이 가능해지기까지는 어린 아이가 젖을 떼고 입술을 붙여 소리를 내고 띄엄띄엄 글자를 읽어내는 것만큼이나 오랜 시간이 걸렸다.

내가 있었던 대학원 연구실의 경우 코딩을 배우는 곳이 아니었다. 이미 어느 정도 프로그램의 틀을 짤 줄 알아야 했고, 파이썬이나 R을 활용해 데이터를 분석할 줄도 알아야 했다. 기본적인 것은 사교육 기관 온라인 강의를 들어서라도 선행학습 해야 했고, 연구실에서는 말 그대로 특정 주제에 대해 연구를 해야 했다. 그러나 나는 직장을 그만두고 거의 곧장 학교에 들어간 것이었기 때문에 곧바로 분석에 활용할 만한 코딩 실력이 없었다. 틈틈이 코드카데미Codecademy, 외국의 코딩 학습 사이트로 연습도 해봤고, 책도 여러 권 살펴가며 튜토리얼코드 예시를 직접 쓰고 돌려보는 것을 반복해봤지만 실무에서 쓰기엔 역부족이었다. 그래서 요즘도 비非컴퓨터공학과 출신 학생들이 실무용 프로그래밍을 아무리 배워도 데이터 더미를 보면 눈앞이 캄캄하다고 말하는 심정을 누구보다 잘 안다. 그럴 때 항상 하는 말이 있다. 그저 부딪쳐서 맞닥뜨리는 것이 정답이라는 말이다. 코드 한 줄 한 줄의 의미와 구조적 원리를 다 깨친 뒤에 프로그램을 짜는 것도 중요할 수 있다. 하지만 우리에게는 완성의 기쁨과 성취의 희열을 빠르게 맞이해, 이 어려운 것을 다시 해낼 마음을 품는 것이 더 중요하다.

예를 들면, '집 안 곳곳을 돌아다니며 온습도를 실시간으로 재는 자율주행 로봇' 같은 주제를 정해두고 냅다 데이터부터 모은 다음 센서를 사보는 것이다. 그리고 각종 코드 사례들과 스택오버플로우Stack Overflow, 코딩에 얽힌 고민과 해결법을 공유하는 커뮤니티의 가르침을 받아 한 땀 한 땀 코드를 돌려보는 것이다. 그러다 보면 어느새 답인 듯싶은 결과와 모르겠다 싶은 상황을 마주한다. 그때부터 코드의 진위를 살펴보고, 이유를 캐고, 그리하여 이 답이 맞는지(로봇이 계속 잘 굴러가는지)를 확인하는 사이클이 생성된다. 반복해 확인하면 문법이 생기고, 그 문법은 자신만의 노하우가 된다. 그 기반에는 맞든 틀리든 손끝으로 무언가를 만들어본다는 성취감이 있다. 이것은 마치 한 글자도 알아볼 수 없는 북유럽 어느 국가에 떨궈져서 두 손 두 발로 소통을 하다가 핫초코 한 잔을 주문하는 데 성공하고, 그 성공을 바탕으로 어느새 프리토킹이 가능해지는 흐름과 같다. 일단 나를 내던지면, 언어 습득은 기어이 된다.

그들이 사는 세상, 그러니까 '그. 사. 세'의 언어를 익히는 일은 지금도 계속되고 있다. 커리어를 옮겨가며 여러 분야의 말을 통해 겪는 언어의 종류는 파푸아뉴기니 부족들의 언어만큼이나 다채롭다. 그 다양함에 맞서온 나의 방법은 그저 나를 던지는 것, 그 이상도 이하도 아니었다. 모든 운동에서 가장 힘든 순간은 집을 나서기까지의 시간이라고 하지 않나. 언어를 익히는 것도 나를 던지기 전까지의 상황이 힘들 뿐이다. 던지고 나면, 어떻게든 된다.

우리는
컵의 뒷면을 알아

인지과학 수업을 기웃거리다가 철학과 교수님이 하는 수업을 한 학기 동안 들은 일이 있었다. 현상학이라는 철학의 한 큰 줄기를 배우고, 이를 각자의 전공(대부분 심리학 또는 공학이었다)에 반영해 연구하는 것이 한 학기의 과제였다. 여기에서 가장 중요한 키워드는 '의식'이었는데, 많은 이야기 가운데서도 특히 한 사례가 두고두고 남았다. 머그컵을 바닥 높이에서 보면 직사각형의 단면만 보이지만, 우리는 그 너머에 있는 둥근 입구, 휘어진 손잡이, 동그란 바닥까지 다 알고 있다는 내용이었다. 보이는 것 너머의 모습을 우리의 의식이 꾸준히 투영하고 있다는 점이 새삼 놀라웠다.

인공지능 석학인 얀 르쾽Yann LeCun도 늘 주장한 것이 있다. 작은 아기 고양이도 테이블 위에 올라가 있으면 본능적으로 '이곳은 높다'는 것을 안다는 것이다. 그 본능을 기계에게 학습시킨다는 것은 무척 어렵고, 현실 세계를 시뮬레이션할 수 있는 기술적 저변이 마련되면 그 즈음엔 6개월 아기 수준으로 세상을 인식하는 기계가 나올 수 있을 거라고 했다. 우리가 보고 살을 맞대는 세상을 여러 감각적인 센서들로 투영하고 나면, 기계는 추론을 통해 화면의 빈 부분을 메우고, 큰 그림을 그려내고, 다음에 벌어질 일을 생각해낼 것이다. 마치 뛰어난 검객이 상대방과 겨루기 직전 모든 시나리오를 머릿속에서 돌려보며 자신이 이길 방법을 고민하듯 말이다.

전체적인 그림을 그리고, 보이지 않는 면을 상상하고 예측해 채워 넣는 능력은 모든 분야에서 널리 필요하다. 머그 컵의 뒷면은 본능적으로 알 수 있지만, 머그 샷을 찍은 범죄자의 머릿속은 알지 못한다. 기계처럼 우리도 증거 자료가 필요하다. 프로파일러는 범죄자의 의도를 찾기 위해 그와 심리전을 벌이고 이야기를 캐낸다. 기자는 압축된 사실관계 안에 꼭꼭 숨겨져 있는 핵심을 찾으려고 숱하게 질문을 던진다. 독자는 한 사건을 다룬 여러 언론사의 텍스트를 번갈아 보며 기사가 쓰인 속내를 나름대로 해석한다. 여기는 편향적이야, 저기는 소설을 썼네, 하면서. 누구도 정확한 진실은 알지 못하지만, 진실에 가까워지기 위해 다양한 견해를 쌓는다. 우리의 일상을 뜯어보면, 이러한 과정은 생각보다 자주 벌어지고 있다.

투자업계로 옮겨와서 제일 어려운 일도 이 부분이었다. 특히 우리가 일하는 분야는 임팩트 투자이기 때문에, 우리의 투자 행위가 세상에 미칠 영향을 항상 고민해야 했다. AI 기술이 사람들의 일을 대체할 정도로 발전하면 그 기술에 투자할 것이냐는 질문은 치열한 토론을 필요로 했다. '그 기술로 누군가 직장을 잃으면 어떻게 되지?' 같은 질문은 서막에 지나지 않았다. 우리는 좀 더 큰 범위에서 생각해야 했다. AI를 써서 생산성이 늘었을 때, 수요가 공급량을 따라가지 못하면 공급 측은 가격 경쟁을 할 것이고, 그렇게 되면 공급 사이드의 가격이 떨어져서 결국 AI와 일을 하던 사람들은 시간당 받는 보수가 줄어들게 되지 않을까? 보수가 줄면 일을 오히려 더 많이 해야 하거나, 혹은 사람들이 소비를 줄여버리는 건 아닐까? 이런 질문들이 계속 이어진다.

매달 또는 분기마다 도착하는 사업 현황 자료에 대해서도 질문이 계속 이어진다. 이렇게 매번 반복되거나 시계열적으로 이어지는 문서를 볼 때는 특히 문맥을 잘 알아야 한다. 하루는 한 팀원이 어느 회사의 실적에 대해 정말로

'맞는 말'을 한 일이 있었다. 지표는 좋지 않았지만 리포트에 쓰인 텍스트에 파묻혀 얼핏 '나쁘지 않은' 느낌을 줄 수도 있었는데 그는 정확하게 '지표가 좋지 않으니 팀에 구체적인 실행 계획을 물어야 한다'고 내부에 보고했다. 추론을 잘해냈다. 하지만 조금 더 큰 그림을 봤으면 했다. 문서의 해석은 정확했지만, 그 팀이 처한 상황과 환경도 읽어내야 했다. 팀이 지금까지 버텨낸 것에 대해 인정하고 기다려주어야 한다고 나는 말했다. 직접 만나본 창업자는 어떻게든 버티려고 안간힘을 쓰고 있었다. 그와 그의 팀은 지금도 고군분투하면서 본인들이 원하는 세상을 차곡차곡 쌓아가고 있다.

세상에는 숫자나 텍스트, 사진이나 음성만으로는 표기되지 않는 일이 참 많다. 우리가 인식하지 못하고 무심결에 지나친 장면들, 감각하지 못하고 흘려보낸 풍경, 막 지나친 상대에게서 느껴진 초조한 기운 같은 것을 어떻게 데이터로 표현할 수 있을까. 세상의 모든 것을 담으려면 지도에 모든 땅을 그려 넣으려던 소설 속 주인공의 시도처럼 한없이 커져버리고 말텐데. 그래서 우리는 시를 쓰고, 소설을 읽고, 그림을 그리는 것 아닐까. 포착되지 않는 감정을 글자 사이에 꼭꼭 숨겨두어 나도 몰랐던 세계의 이면을 나도 모르게 가슴에 담으려고.

그래서 온갖 정보에 치여 머리와 영혼이 지쳐버린 날에는 시집을 집어 든다. 나를 가르치려 들지 않는 문장들이 짧은 호흡, 널찍한 간격으로 배열되어 위안을 준다. 시집에는 하고 싶은 말을 다 하지 않는 매력이 있다. 그런데도 그 안에는 세계가 있고, 뒷면이 있다. 투자 심사 보고서를 보다가, 기업 소개 자료를 보다가 도통 그림이 잡히지 않고 다른 측면을 보기 힘들 때, 그때마다 시집을 보는 나를 떠올린다. 우리는 컵의 뒷면을 알고, 시구를 써내려간 작가의 마음을 짐작해낼 줄 안다. 그 차분한 감정이 종종 필요하다. 때맞춰 읽은 시 하나를 붙인다.

나는 시를 세 편 갖고 있네

그가 말했다.

시를 셀 수 있는가?

에밀리는 시를 써서

트렁크에 던져 넣었지, 그녀가

시를 세었을 리 없지

또 다른 티백 종이에

시를 썼지.

그게 옳아 좋은 시는

차향이 나야 해.

아니면 숲의 땅이나

갓 자른 나무 냄새가[*]

* 올라브 하우게, 「나는 시를 세 편 갖고 있네」, 『어린 나무의 눈을 털어주
다』, 임선기 옮김, 봄날의책, 2017.

색채가 있는
플레이

여자 프로골프 경기를 꾸준히 본다. 미국 투어는 새벽 시간에, 한국 투어는 낮에 TV로 본다. 현장 직관도 종종 한다. 고급스럽게 조경이 마련된 골프 코스를 무료 또는 만 원 정도에 한 바퀴 빙 둘러 산책할 수 있는 절호의 기회인 데다, TV 중계에서는 다 표현되지 않는 선수 각각의 플레이 스타일도 눈앞에서 볼 수 있다.

선수 대부분을 좋아하지만, 그중에서도 모자와 티셔츠를 비롯한 각종 '굿즈'까지 살 정도로 좋아하는 선수는 박성현 프로다. 2012년 한국 투어에 입회하고 2017년 미국에 진출해 그해 신인왕과 올해의 선수상을 동시에 거머쥔 진기록을 가진 선수다. 승부를 봐야 할 때 공격적인 플레이로 과감하게 시도하는 모습이 남달랐다. 개중에는 공이 물에 빠져 결국 실패한 때도 있었고, 공을 핀에 완벽하게 붙여 승리의 발판으로 만든 때도 있었다. 누가 뭐라고 하든 자기 플레이를 하는 모습이 그렇게나 멋졌다. 스윙도 시원시원하다. 공을 치는 순간 목줄기에 돋는 혈관의 모양새는 마치 용이 꿈틀대는 것 같다. 모자를 푹 눌러쓰고 온전히 경기에 집중하는 모습도 유독 남다른 선수다.

최근에는 박민지 프로에게도 반했다. 입회한 지 5년 만인 2021년 한국 투어 다승왕, 상금왕, 대상까지 휩쓴 굉장한 선수다. 이글이글 끓는 눈빛으로 입을 앙다물고 공을 치는 모습이 인상적이다. 이 선수는 박성현 프로와는 사뭇 다른 색채의 플레이를 한다. 비교적 무리하지 않는 경기 운영을 한다. 어려운 코스에서도 되도록 점수를 잃지 않고 잘 지켜내다 보니 승률이 높다. 승리를 위한 방정식에 자신의 몸을 완벽한 상수로 넣는 것처럼 보인다.

그런데 두 선수 모두 요즘 플레이가 조금씩 달라졌다. 박성현 프로는 2022년 오랜만에 한국 경기에 참석해 구름 인파를 몰고 다녔다. 코로나19로 한동안 필드에서 보기 힘들던 팬들을 잔뜩 만나 기운을 얻었는지, 한창때처럼 플레이에 힘이 넘쳤다. 위기의 순간을 정확도 높은 롱 퍼트와 정교한 쇼트 게임으로 넘어갈 때마다 팬들은 거의 기절하다시피 했다. 감정을 잘 드러내지 않던 박성현 프로도 이

날 경기에서는 유독 팬들과 눈도 잘 맞추고 자주 웃었다. 성적도 상위권을 기록했다.

박민지 프로도 경기 마지막 날 몰아치면서 승부를 보는 플레이를 많이 하고 있다. 1, 2라운드에서는 돋보이지 않아도 3, 4라운드에는 어느덧 순위표 상단에 이름을 올린다. 호랑이보다는 이리 같은 느낌이다. 절벽 위에서 자신이 목표로 하는 사슴 하나를 타깃으로 하고 그 대상에 정확하게 공을 꽂아 넣는다. 결코 무리하지 않는 플레이인데, 경기 전체를 대하는 태도를 보면 말 그대로 승리를 '사냥'하는 모양새다. 실제 플레이를 보면 루틴도 길지 않고 스윙도 간결해 참 쉽게 플레이를 하는 것 같아 보이는데, 그래서 더 은근하게 공격적인 느낌을 준다.

어떤 플레이가 더 낫다고 감히 말할 수는 없다. 분명한 건 자신만의 색채를 지닌 플레이를 하기까지 어마어마한 양의 훈련이 있었으리란 점이다. 지겹도록 반복하고 끊임없이 고민한 끝에 고유의 색을 찾아낸 것이다. 그리고 그렇게 만들어진 색채도 시절에 맞게, 그리고 자신에게 더 잘 맞는 방식으로 지속적으로 가다듬고 있다. 선수들에 대한 나의 뜨거운 애정 표현을 들은 한 올림픽 금메달리스트가 겸손하게 화답했다. "대부분의 직장인들이 그러하듯, 저도 그저 제가 있는 환경에서 주어진 과업을 묵묵히 해냈을 뿐이에요." 그러나 나의 일상 속 플레이 패턴은 아직 또렷한 색채랄 것 없이 주식시장 변동 그래프처럼 출렁이기만 한다. 묵묵히 과업을 해낸다는 것의 어려움을 우리는 모두 알고 있다. 자기 플레이를 해내는 운동선수들을, 그리고 자신의 색과 결로 살아가는 여러 일터의 사람들을 나는 진심으로 존경한다.

미래를
전망하는 일

    초기 스타트업에 투자를 하면 기본적으로 회수 시점까지 한 사이클을 도는 데 대략 5년에서 7년 정도 걸린다. 우리는 초기 창업자들의 아이디어와 계획을 들으며 변해가는 세상에서 그들의 아이디어가 얼마나 잘 뿌리를 내리고 싹을 틔우고 영근 열매를 맺을 수 있을지 논의하고, 그 생각들이 자칫 어느 기술적 진보의 벽에 부딪혀 사그라들지를 고민하며, 다른 산업의 영향을 받아 함께 클지 혹은 크지 못할지를 전망한다.

    젊은 스타트업들을 만나러 해외로 나가기 전에 만료일이 가까워진 여권을 갱신했다. 새 여권은 짙푸른 커버 안에 딱딱한 전자 칩이 내장된 페이지를 품고 있었다. 그 모양새보다 더욱 생경했던 건, 새로 부여받은 만료일이

2033년이라는 사실이었다. 2033년이라니. 그 시점에도 나는 똑같이 아이폰을 쓰고, 운전을 하며, 출근이라는 것을 하고 있을까? 그때도 내가 같은 곳에서 똑같은 일을 하고 있다면, 소위 고인 물이 되어버린 것은 아닐까? 사십대 후반이 될 때까지 섣불리 소비되지 않고 세상에 더욱 잘 쓰일 수 있으려면 어떻게 살아가야 할까?

고민을 하던 찰나에 배우 김혜수의 인터뷰 영상을 봤다. 그의 이십대와 삼십대는 퍽 힘들었다고 한다. 영화 〈타짜〉를 만나기 전까지 어쩐지 애매한 배우였다는 것이다. 너무 어릴 때부터 실력을 쌓기도 전에 빠르게 소비됐고, 그래서 공력을 들일 새 없이 흘러오다 보니 객관적인 시선들과 마주한 현실이 그에게는 벽과 같았으리라. 당대를 주름잡던 연출자들은 한계를 뛰어넘어가며 무언가를 이뤄낸 경험이 없는 그에게 함께하자고 제안하지 않았다고 한다. 그런 이유로 그는 더욱 이를 악물고 동시에 웃음을 잃지 않으며 공부했다고 한다. 다행히 운이 좋아 기회가 왔고, 그 기회를 잡아 지금의 배우가 된 것이란다. 최근 주연을 맡았던 드라마를 하는 동안에도 외부 사람 하나 만나지 않으며 1년 가까이 작품에만 매달렸다고 한다. 대본을 읽고, 읽고, 또 읽다 보면, 그 인물과 스토리와 세계에 트이는 순간이 온다고 했다. 통달하는 순간이랄까. 그 작업은 무척 외롭고 힘든 일이라고 덧붙였다.

　그에 비해 나는 이 복잡한 세상에서 너무 여유를 부리며 사는 건 아닐까 싶었다. 운 좋게 몇 가지 미래를 알아맞힌들, 그래서 "거봐, 내 말이 맞았지"라고 의기양양하게 군들, 그 운이 얼마나 갈 수 있을까. 치열하게 공부하고, 사람을 만나고, 이야기를 듣고, 홀로 머릿속을 채우고 정리하고 써내는 작업을 해야만 지속할 수 있다. 내 주변의 많은 창업자들과 투자자들은 그렇게 외롭게 노력하고 있다. 그 내면의 치열함이 보이기 때문에 어려운 소리를 하는 것이 어렵고, 힘든 말을 하는 것이 힘들다. 내가 있는 조직의 경우엔, 우리가 추구하는 가치와 같은 방향을 보는 스타트업이 그 방향을 향해 더욱 빠르게 뻗어갈 수 있도록 자금과 지원이라는 힘을 보탠다. 일종의 벡터값을 향한 투자다. 방향성을 지닌 어떤 움직임에 대해 자본이라는 큰 힘을 가하면 더 빠른 속도로, 더 강력하게 원하는 방향으로 나아가게 된다는 투자 방식이다. 그러니 그 임팩트를 손끝에서 구현하고 만들어낼 창업가들은 우리의 중요한 협업자이기도 하다. 세상을 함께 바꾸어간다고 생각하며 팔짱을 끼고 가는 위치다. 그들이 치열한 만큼, 옆에서 함께 걷고 뛰는 나도 치열해져야 한다. 섣부른 조언을 해가며 창업자들의 시간을 빼앗지 않도록, 옛날에 쌓아둔 내공만으로 반복적인 메시지를 남발하지 않도록, 그래서 다가올 시대를 함께 선제적으로 만들어갈 방법을 찾을 수 있도록 해야 한다.

말 한마디에 도움 될 구석을 한 단어라도 넣을 수 있는 사람이 되려고 한다. 그것이 내가 고인 물이 되지 않고, 섣불리 소비되지 않으며, 세상에 조금이라도 잘 쓰일 수 있는 방법이 아닐까. 아직도 나는 자라나는 중이다(얼마 전 키를 재보니 0.6센티미터가 더 컸다). 여전히 부족한 것투성이지만, 궁극적으로 나의 10년 후 미래, 50년 후 내일을 만들어가기 위한 일종의 고군분투 방법론을 쌓아가고 있다. 아직도 나에겐 뿌릴 수 있는 씨앗도, 거둬들일 곡식도 많다.

대세는
기세야

　세상의 많은 일은 한 발, 한 뼘, 한 호흡 빠를 때 '앞선다'고 표현된다. 스포츠는 그 앞선 정도가 분명하게 보이는 장르다. 펜싱에서는 한 발 빠른 리듬으로 치고 들어간 선수가 점수를 얻고, 수영에서는 한 뼘 차이로 터치패드를 빠르게 누른 선수가 금메달을 목에 건다. 스포츠뿐이랴. 학계에 와보니 한 발 빠르게 주제를 선점해 논문을 내는 게 중요했고, 벤처캐피털 업계로 와보니 조금이라도 더 빠르게 대세를 읽어 투자하는 게 중요하다. 스타트업들은 이미 나와 있는 사업 아이템을 강화하는 것보다는, 없는 시장을 만들거나 기존 시장을 뒤엎을 아이디어를 들고 승부를 봐야 한다.

　2015년에 "AI 공부하러 간다"라고 했을 때 말리는 사람은 없었다. 없었던 이유는, 내가 말린다고 안 할 사람이 아니기 때문…… 이제 와서 가족들과 주변 친구들이 하는 말은, "그때 어떻게 냄새를 맡고 옮겨 갔느냐"는 것이다. 운이 퍽 좋아서이기도 하지만, 당시 느낌상 꽤 많은 것이 자동화될 것 같았다. 빠르게 외신을 번역해 제공하는《뉴스페퍼민트》, 데이터를 모아 감각적으로 시각화하는《뉴스젤리》, 자극적인 제목을 붙인 기사를 모아 올리는《고로케닷넷》같은 새로운 저널리즘 시도가 곳곳에서 나오던 때였다. 플랫폼 격변의 시기이기도 했다. 넷플릭스가 한국에 진출한다는 말이 나왔고, 유튜브와 SNS가 뉴스의 주요 유통 채널로 막 떠오르던 때였다. 기존의 방식만 고수해서는 안 된다는 목소리가 발 빠른 선배들 사이에서 나오기 시작했고, 앞으로 일을 20년 넘게 더 해야 하는 내 입장에선 빠르게 다음 스텝을 고민해야 했다. 그런 와중에 자동으로 기사 쓰는 프로그램이 나올 수 있다는 스토리는 딱 내가 잘할 수 있는 것이었다.

한 발 빠르게 움직이긴 했지만 곧장 앞설 수 있던 건 아니다. 자동으로 텍스트를 술술 만든다는 것은 2015년 당시엔 하드웨어, 소프트웨어 측면에서 모두 쉽지 않은 일이었다. 그게 가능해진 것이 2020년 즈음부터였다. 컴퓨팅 파워가 크게 올라가고, 더 효율적으로 학습할 수 있는 방법론이 나오고, 이걸 가능하게 하는 자본이 붙으면서 빠르게 발전했다. 지금이야 "AI로 이것도 돼요?"라는 말이 낯설 정도로 불가능한 일은 없다고 여겨지지만, 그때만 해도 인간 수준의 글과 그림을 만드는 AI 기술에 자본을 투자하는 것은 큰 결단을 필요로 했다. 기술 트렌드를 알아보고, 그 기술이 일정 수준에 도달했을 때 시장에 미칠 임팩트를 상상하고, 경쟁자들의 분포를 살펴본 뒤 내린 결정이었을 것이다.

미래를 내다본 사람들이 만든 AI는 미래를 이끄는 주인공이 됐다. 이런 맛으로 미래를 내다보고 거기에 투자하는 거구나 싶을 정도로 AI 기술이 만들어내고 있는 현재 우리의 삶은 너무나 크게 달라지고 있다. 내가 강연장에서 종종 쓰는 예시 중에 이런 게 있다. 기술의 발전으로 사람의 행동 패턴이 달라진 사례로 '2018년 구글 번역기의 발전'을 들었다. 그전까지만 해도 구글 번역기는 도무지 받아들일 수 없는 결과물을 왕왕 던지곤 했다. 하지만 구글 연구진에서 버트(BERT)라는 알고리즘을 번역기에 적용하면서, 적어도 주술 구조가 뚜렷하고 짧은 한글 문장은 꽤 그럴듯하게 영어로 번역해내기 시작했다. 이때 이공계 대학원에서는, "적어도 우리(비영어권 국가에서 자란 일반적인 학생들)보다는 구글 번역기가 낫다"라는 말이 심심치 않게 돌았고, 결국 "구글 번역기가 더 잘 번역할 수 있도록 문장을 짧고 단순하게 쓰자"라는 일종의 운동(?)이 시작되기도 했다. 그걸 보고, 인간보다 조금이라도 더 능력이 있는 기계가 널리 퍼진다면, 인간은 자신의 오랜 습관도 기꺼이 바꿀 수 있다는 걸 알게 됐다.

이제 진짜 전쟁은 '인간보다 좀 더 잘하는 기계'를 탁월하게 만드는 것에서 벌어지고 있다. 만화를 그리든, 마케팅 문구를 기획하든, 작곡을 하든, 검진을 하든, 인간이 최종 결정만 하는 세상이 빠르게 오고 있다. 여기에 로봇이 더 퍼질 수 있는 환경이 조성되면(즉, 비용이 낮아지면) 더 많은 오프라인 업무들이 대체될 수 있다. 사람은 '라스트 마일last mile, 마지막에 실제 사용자에게 닿는 구간'에서나 활용될 거라는 주장이 나오는 것도 같은 맥락이다. 결국 이런 전망을 종합해보면, 인간이 기계를 잘 쓰기 위해 본인의 습관을 빠르게 바꾸거나, 혹은 AI와 직접 대결하면서도 경쟁력 있는 존재가 돼야 한다. 애석하게도 속도와 생산성이라는 측면에서는 AI를 도저히 앞서갈 수가 없다. 내 인건비를 기계 사용료의 절반으로 깎으면, 기계의 속도에 익숙해진 인간 고용주의 습관을 다시 돌릴 수 있으려나……. 아, 너무 디스토피아적이다. 한 발이 아니라 백 걸음을 앞서가는 기계와는 대체 어떤 게임을 해야 할까.

감히 예상컨대, 이때부터는 주도권 싸움이다. 상대와 일대일로 겨루는 탁구나 검도, 유도에서처럼, 혹은 축구나 야구 같은 팀 경기를 할 때 누가 분위기를 쥐고 가느냐가 중요한 것과 같다. AI를 제압해 내 것으로 만들고, 이걸 탁월하게 써서 '나'라는 존재와 상호작용하는 모든 상대방에게 차별화된 경험을 지속적으로 주는 거다. 이를테면 AI를 잘 활용해서 만들어낸 콘텐츠가 자신만의 결을 품고 있고, 그래서 더 많은 사람들에게 스며들도록 포인트를 살리는 것이다. 내가 물건을 건네는 것이 로봇이 배달을 하는 것보다 상대에게 더 나은 경험을 줄 수 있는 기술적인 요소를 찾아내는 것도 방법일 테다. 커피 제작 로봇을 활용하더라도, 자신만이 순발력 있게 적용할 수 있는 트릭을 써서 더 나은 서비스를 제공하는 사람이 될 수도 있을 것이다. 사람들의 '앞에' 한 발 더 위치하는 것이 기계를 한 발 '앞서는' 방법 아닐까. 앞으로의 승부는 기세에 달렸다.

그녀를
칭찬합시다!

누군가 나에게 '한 달 살기'를 하고 싶은 도시가 어디냐고 물으면 나는 일말의 망설임도 없이 "프랑스 파리요!"라고 외칠 것이다. 로맨틱한 분위기, 도처에 널린 예술품, 골목마다 가득한 빵 굽는 냄새 같은 것 때문만은 아니다. 나에겐 파리가 언젠가는 꼭 극복하고 싶은 도시이다.

스물두 살 가을, 운 좋게 파리 인근 학교에서 1년 동안 교환학생으로 머물 기회를 얻었다. 파리에 도착해서 가장 먼저 알게 된 것은, '이 동네에선 스카프가 정말 필요하다'는 점이었다. 초가을인데도 바람이 불어 스산했고, 툭 하면 기침이 났다. 많은 예술가가 몽마르트르 하숙집에서 폐렴에 걸려 죽은 사실이 문득 떠올랐다. 부랴부랴 구입한 진분홍색 스카프를 둘러매고 회색 빛깔 골목들을 헤매다 갑작스럽게 에펠탑과 마주했던 기억이 선명하다. 그때가 너무 행복해서 1년간의 파리 생활이 마냥 좋을 거라고만 생각했다.

내가 다닌 학교는 한 경영 전문 학교였다. 그랑제꼴Grandes Écoles이라는, 프랑스에만 있는 전문 학사과정 같은 것인데, 이 학교는 독특하게도 영어 수업을 많이 하는 편이었다. 요즘은 일반적인 프랑스인들의 영어 구사력도 꽤 높아졌지만, 내가 머물던 2000년대 중후반만 해도 파리 시내 카페에서 영어를 쓸 줄 아는 직원이 많지 않았다. 오죽하면 프랑스인들이 콧대가 높아 영어를 일부러 배우지 않는다는 말이 돌 정도였으니 말이다.

학교에는 유럽 지역 학생들을 대상으로 한 교환학생 및 장학생 과정으로 오는 학생들도 많았고, 아시아인도 많았다. 물론 프랑스 현지인과 주변 국가 학생도 많았는데, 등록금이 워낙 비싸서 '있는 집 자제'들이 많이 온다는 소문이 파다했다. 나의 기숙사 옆방에 머물던 러시아인 여학생만 해도, 프랑스인 교수들이 그에게 할아버지의 안부를 종종 물었다. 그가 주말마다 명품 매장이 즐비한 샹젤리제 거리에서 우리 돈으로 몇천만 원씩 쓴다는 소문이 돌기도 했다.

프랑스어를 하러 왔으나 영어를 구사하는 상황에서 '샤

이' 코리안이던 나는 금세 위축됐다. 일단 프랑스어 전공자인데 경영학 공부를 하러 왔으니 알아들을 수 있는 것이 없었다. 발표 수업을 준비하다가 멕시코 여학생과 영국 남학생한테 기가 팍 눌린 것이 지금까지도 떠오른다. 일부러 프랑스어로 진행되는 저널리즘 수업에 들어갔으나, 같은 조 학생들이 내 프랑스어 문법을 고쳐주는 상황이 발생하기도 했다. 영어라도 잘하면 모르겠는데 그렇지도 않았다. 용돈을 받아 쓰는 상황에서 때마침 크게 오른 환율에 돈 쓰는 것도 버거웠다. 소매치기도 당했고, 한국에 두고 온 남자친구에겐 그새 다른 여자친구가 생겼으며, 성적은 바닥을 쳤고, 인턴십을 제안하는 곳에선 나에게 하나같이 "중국어 할 줄 알지?"라고 물어왔다. 그 당시 '한국인 학생'이라고 하면 태권도와 비보잉으로만 각인돼 있었고, 한국어가 있는 줄 모르는 이들도 파다했다. 십수 년이 지난 지금, 한국의 위상은 격세감이 느껴질 정도다.

유독 춥고, 외롭고, 버겁던 파리 생활을 마치던 날, 나는 이를 바득바득 갈며 속으로 외쳤다. 10년 뒤에 다시 와서 멋진 모습으로 여유롭게 파리 거리를 거닐 거라고 말이다. 그 이후 10년 동안 서너 번 파리에 갔는데, 여전히 기대했던 모습으로 가지는 못했고, 그저 내가 기숙사를 탈출해 나와 살았던 시내 다락방 인근만 추억 삼아 뱅뱅 돌왔다. 그때 함께 지냈던 친구들과 가끔 페이스북과 인스타그램으로 안부를 전하는데, 예전의 내 모습이 너무 창피해서 가끔 지금 모습을 보여주는 게 (크게 달라진 것 없어도) 어쩐지 쑥스러울 정도다. 이십대의 나는 파리에서 그렇게 기가 팍 죽어 있었고, 지금도 파리에 가면 어쩐지 어깨가 굽는다. 그래도 '필히, 꼿꼿하게 에너지를 발산하고 오리라!'라고 매번 결심하고 도전하게 되는 도시다.

  최근에 그 연습을 위해 도움이 될 괜찮은 프로그램 하나를 발견했다. "그녀를 칭찬합시다! Applaud her!"라는 건데, 위민후코드Women Who Code라는 여성 개발자 커뮤니티의 작은 문화다. 매번 미팅을 마칠 때면 최근 축하받을 만한 일로 무엇이 있었는지를 자신 있게 손 들고 이야기하고 다른 이들은 여기에 열과 성을 다해 박수를 보내준다. 그런데 그 축하라는 것이 꼭 거창한 것만은 아니다. 바꾸고 싶던 블라인드를 치우고 커튼을 새로 설치했다거나, 벼르고 벼르던 컴퓨터를 최저가로 구매했다거나, 출근 시간 내내 운 좋게 자리에 앉아서 갔다거나 하는, 정말 작고 소소한 일을 스스로 말하고 축하받는 것이다. 이 프로그램이 참 좋다. 여성으로서 알게 모르게 자신을 낮추도록 사회적으로 만들어진 역사에 대해 반기를 드는 것도 좋고, 자꾸만 남들과 비교해가며 자신의 성과나 일상의 가치를 깎아내리는 데 익숙해진 요즘 세상과 맞부딪치는 것도 마음에 든다. 뭘 해도 자꾸만 작아지던 스물두 살의 나에게, 그 시절의 매일매일에 충분히 박수를 보내줄 수 있었겠다고 생각하니 어쩐지 가슴 한쪽이 시린다.

기세등등해지려면 연습이 필요하다. 소소하면서도 충분히 축하받을 법한 일상을 손을 번쩍 들고 입을 열어 이야기하는 것. 그것이 자신의 자존감을 높이는 한 가지 방법이 아닐까. 일단, 우리 회사에 한번 도입해보자고 할 작정이다.

타인에게
관대해지는 일

부산 중앙고 농구부의 기적 같은 준우승 실화를 그린 영화 〈리바운드〉에 이런 장면이 있다. 농구를 정말 좋아하는 마음과 달리 슛은 골대 밖으로 튕겨져 나오기만 하는 선수가 있다. 감독은 슛 하나가 링에 꽂힐 때까지 묵묵히 연습하는 선수를 보며 "처음은 누구에게나 있다"라고 말한다. 그리고 다른 팀의 통계에는 잡히지 않아 경계 밖에 있는 히든카드가 되어 생애 첫 득점을 기록해보자고 이야기한다. 선수는 기어이 경기에서 3점 슛을 성공해 첫 득점을 기록한다. 감독이라고 왜 조바심이 안 났겠는가. 선수 한 명 한 명이 귀한 팀에서 빠르게 성과를 내고 싶었을 그 마음이 스크린 밖으로 전달됐음에도, 나는 그렇게나 이 장면에 공감이 갔다. 왜냐하면 나는 그 감독이 아니라 선수의 입장으로 매일을 살고 있기 때문이다.

한결같이 창피하고, 한없이 흔들리고, 거침없이 이불 킥하는 무수한 날들을 보내고 있다. 사회생활을 막 시작했을 무렵에는 그냥 바보 같았다. 부딪쳐보면 된다는 생각은 많은 상처와 흉터를 남겼다. 두 번째 회사에서는 나만 다른 선상에서 시작한다고 생각하며 알은체했다. 알량한 자존심과 어설픈 정의감, 유연하지 못한 생각과 얕은 감수성으로 남들에게 상처도 많이 줬던 것 같다. 지금이라고 다를 리 없다. 여전히 성격은 급하고, 불의는 못 참고, 뭐든 단순하게 치환하는 것에 익숙해져서 실수를 내는 일이 많다. 책임감은 커져가는데, 그에 비해 나는 여전히 모자라구나 싶은 순간이 종종 벌어진다.

그래서 자신만의 결을 엮어가며 모델을 만들어가는 이들을 보면 그렇게 짠할 수가 없다. 〈리바운드〉에 나오는 감독도 마찬가지였을 것이다. 밑바닥부터 다져서 자신만의 문법으로 조금 다른 생을 살아본다는 것은 고군분투하는 일상을 산다는 것과 같은 뜻이다. 상품의 가격을 결정하는 전략에 대한 책 『프라이싱』의 1장에서부터 마음에 꽂힌 말이 있어서 끌고 들어온다. "절대로 당신이 가격에 대해 아무런 영향력도 행사할 수 없는 곳에서 사업을 시작하지 말라"는 저자의 원칙이다. 남들이 정해둔 범위 안에서 움직이기보다는, 자신이 창출해낸 가치에 대해 스스로 값을 매길 수 있는 사업을 해야 한다는 뜻이다. 그러려면, 사용자가 충분히 지불할 수 있는 가격에 대해서도 세밀하게 조사해야 하고, 기존의 시장이 형성한 가격대의 저항도 눈여겨봐야 한다. 기존의 시스템에 올라타는 것은 편하다. 새로운 시스템을 만드는 것은 품도 많이 들고 피곤하고 초조한 일이다. 농구를 너무 좋아하지만 그에 비해 슛을 못 넣어 남들보다 두 시간 더 연습하고, 천재들의 발뒤꿈치를 보며 번번이 좌절하는 경험을 하게 되는 일이, 나는 새로운 시스템을 만드는 것과 같은 심리적 과정이라고 생각한다.

어렵고 고되게 내 모델을 만들었다는 것이 꼭 거창하게 성공을 해야 한다는 뜻은 결코 아니다. 나의 시스템이 남들의 벤치마킹 대상이 될 필요도 없다고 생각한다. 하지만 이 과정을 겪어보면, 다른 곳에서 짚신을 엮으며 먼 길 떠날 준비를 하는 나그네들에게 한없이 너그러워진다. 자꾸 도전하고 꺾이고, 스스로를 한없이 저울질하며 이불 킥하는 사람들에게 "나도 그랬어. 그리고 지금도 그래"라고 한마디 던질 수 있는 힘이 생긴다. 탄탄대로 성공 가도를 달린 사람은 어쩐지 매력이 없지 않은가? (시샘이 절반 섞인 말이다.) 우리는 사람이기에 실수도 하고, 창피한 일도 벌인다. 그리고 서로에게 의지도 한다. 조금이라도 더 내 결을 찾아 나서는, 그리하여 서로 마음을 주고받는 동료들이 더 많이 생기기를 바랄 따름이다.

스스로에게
관대해지는 일

어쩐지 내가 쌓아온 날들이 모조리 부정당한 것만 같고, 스스로가 "나 벌써 꼰대가 된 건가?" 싶은 날이 있다. 누군가의 말을 통째로, 뿌리부터 "아니다"라고 은근히 내비친 날이 그렇고, 누군가의 새뜻한 아이디어가 어쩐지 못마땅하다고 판단한 나 자신이 유독 한심하게 느껴진 날이 그렇다. 변하는 세상에 대해 어쩐지 일관적이지 못하게 스스로 말을 바꾸고 있는 것만 같은 때도 있다. 내 의도는 그게 아닌데, 입 밖으로 나온 말이 후질 때도 있다.

어느 쌀쌀한 초봄의 오후도 그랬다. 한참 신경이 곤두서 있던 날이었는데, 어느 순간부턴가 내 안의 평화가 깨졌다. 되도록 차분하게 의견을 말하는 편인 나도, 그날은 상대의 말을 다소 꼬투리 잡듯 반박했다. 이내 후회가 몰려왔다. 나 너무 옹졸했다. 벌써 꼰대가 되는 것인가. 내가 무슨 권위가 있다고 이렇게 기대고 앉아 날이 선 말을 뱉었나. 보이지 않게 성질을 부리는 것은 프로답지 못한데! 싫은 소리를 들은 사람이 더 힘든 상황이긴 하지만, 시쳇말로 쪽팔린 건 나였다. 찬바람을 맞으니 슬쩍 눈물이 나서 남편에게 전화를 했다. 내 말을 들은 그가 외쳤다. "그거 전형적인 꼰대 스타일이잖아! 자기 말만 옳다고 하는." 도통 위로가 안 되는 코멘트다.

역시 내 편들을 만나야겠다 싶었다. 편한 사람들이 모인 저녁 자리에서, 슬쩍 약한 소리를 했다. "저는 왜 이렇게 치사할까요? 젊은 꼰대가 무섭다는데, 제가 딱 그런 거 아네요?" 그러자 지인이 말했다. "내가 여행을 좋아하는 이유가 뭔지 알아요? 그 순간만큼은 나 스스로에게 무척 관대해지거든. 그 먼 거리를 종일 걸은 나 자신, 낯선 곳에 와서 매 순간 긴장하고 적응하는 나 자신을 다독이고 있더라고요." 역시, 이 사람은 내 편이 맞았다. 적어도 남편보다는 조금 더, 내가 듣고 싶던 답을 들려주는구나! 그 말에 어쩐지 기운이 솟아, 그날 밤은 레드와인을 연거푸 잘도 마셨다.

스스로에게 그렇게 엄격한 잣대를 들이대고 사는 중이라는 생각은 이전까지 해본 적이 없었다. 그런데 가만 되짚어보니, 나는 칭찬 앞에서 손사래를 치며 나를 낮추는 것이 몸에 배어 있었다. 겸손의 표현이기도 했지만, 스스로가 생각할 때 내가 '그 정도'는 아니라는 생각이 들어서이기도 했다. 오히려 스스로를 너무 깎아내리는 것 아니냐는 말까지 들은 적도 있었다. "넌 아무것도 아닌 사람이 아닌데, 왜 스스로를 그렇게 말해? 너는 충분히 잘하고 있어!"라는 말은 내가 글을 쓰고, 강연을 하고, 새로운 일을 할 수 있게 이끌어주었다. 어차피 모든 인간은 과정 속에 산다. 글 한 줄을 써도 '내가 쓸 만한 자격이 있을까' 거듭 되묻고, 말 한마디를 해도 '나의 발언은 유독 꼰대 같았다'고 자평하는 것. 모두, 나 스스로에게 완성형 인간이 좀 되어보라며 던지는 자갈 같은 것이다. 맞아도 아프진 않은데, 기분은 무척 나쁜 자잘한 모래자갈.

이럴 땐 살아온 세상 탓을 해본다. 한국 사회는 경쟁의 한가운데에 아이들을 몰았고, 그 안에서 키 재기를 시켰다. 공부깨나 하는 아이들은, 드라마에 나오는 많은 고등학생 역할 배우들처럼 더 치밀해진 틈바구니에서 기를 쓰고 상대를 밀친다. 그러다 한 발이라도 밀려나게 되면 스스로를 탓한다. 내가 왜 그 문제를 틀렸을까, 왜 나는 아는 것도 잘 쓰지 못할까, 왜 나는 그때 컨디션 관리를 못 했을까. 그렇게 진학을 하고 난 뒤에는 취업부터 연애, 우정, 결혼에 이르는 트랙 안에서 딱히 제대로 해내는 것이 없는 나를 발견한다. 나는 왜 바지런하지 못할까, 멋대로 산다고 해놓고 왜 딱히 자유롭지도 않을까, 나는 왜 사표도 내지 못하는 쫄보가 됐을까. 그리고 그 모든 '내 탓'의 이면에는, 상대적으로 다르게 사는 남이 있다. 차마 드러내놓고 부러워하거나 시기할 수 없는 '남'의 존재 때문에, 나는 나 자신에게 더욱 엄격하게 굴게 된다.

스스로에게 "나 자신, 잘했어!"라고 칭찬하는 일은 퍽 쑥스럽다. 하지만 나에게 조금은 관대해지는 순간, 뭔가 더 해볼 수 있는 용기가 생긴다. 내가 유독 후지게 굴었던 날 이후, 나를 다독이는 방법을 조금씩 익혀가고 있다. 성장과 효율과 생산이 미덕으로 여겨지는 시대에서 결국 단단히 붙들어야 하는 것은 나 자신이구나 싶다. 우리는 생각보다 뛰어나고, 예상보다 훌륭하다.

우리,

여행을 떠나요!

어느 봄날 남원에 다녀왔다. 벚꽃이 피기 전이라 산천은 덜 무르익었다. 흐린 봄날에 어울리는 안개비 때문에 우비를 입었더니, 그 우비가 살결에 땀과 함께 달라붙었다. 더운데 추위를 타는 오묘한 변덕을 느끼며 산에 오를 채비를 했다.

금강산도 식후경이라는데 코앞에 있는 교룡산을 오르기 전에 밥을 먹지 않을 이유가 없었다. 오리고깃집에 들어가 차돌된장찌개를 주문했다. 겨우 한 명이 앉은 테이블에 찬이 여덟 접시나 나왔다. 8천 원에 이렇게까지 대접을 받아도 되나 싶을 정도로 묵은 것 하나 없는 신선한 반찬들이었다. 들깨에 무친 새송이버섯, 껍질을 벗겨 곱게 썰어 데친 가지, 간장소스 곱게 얹은 달걀 요리, 새콤하게

간을 한 삼채나물과 조물조물 무친 세발나물, 가볍게 데친 꽃송이버섯과 내가 좋아하는 취나물, 그리고 정말 맛있게 갓 무친 겉절이까지. 무엇 하나 남길 수도 제할 수도 없는 깔끔한 반상이었다. 그 위에 가지런히 뿌려져 있는 깨는 감동적일 정도였다.

나는 미식가도 아니고 맛집을 찾아 팔도강산을 휘젓는 사람도 아니라, 모든 음식이 그저 감사한 대접인 동시에 평이한 경험이다. 오히려 내게 음식으로 임팩트가 발생하는 순간은 그 음식이 나오는 과정의 세심함, 사장님의 자상함처럼 어린 시절을 떠올리게 하는 감정을 느끼는 때이다. 남원의 오리고깃집에서도 그랬다. 어릴 때 외가에 가면 모든 반찬 위에 참깨가 정말 듬뿍, 그러나 꽤 예쁜 모양새로 뿌려져 있곤 했다. 나는 그 깨알이 좋아서 손가락 끝으로 한 톨씩 찍어 먹곤 했었다. 어쩌면 그 시절이 떠올라 접시에 놓인 찬들이 나를 뭉클하게 했던 것일지 모른다.

일이 너무 몰려 답답할 때, 나는 이렇게 짧게라도 여행을 떠난다. '급할수록 돌아가라'는 말을 일상에서 실천하는 셈인데, 이 태도를 영 못마땅해하는 상사들도 많았다. 너는 뭐 그리 여유가 넘치느냐는 말도 몇 번 들은 적이 있다. 하지만 압박 속에서는 도저히 머리가 돌아가지 않는걸! 기차라도 타고, 만 보라도 걷고, 그렇게 풀과 나무라도 보고 나야 비로소 내 안의 신경 물질들이 균형을 맞춘다. 혼자 떠나는 여행에 익숙한 편이라 집돌이인 배우자에게 강아지를 맡기고 훌쩍 떠났다 돌아오곤 한다. 무수히 연결된 세상 속에 살다가 완벽하게 고독한 상태가 된다. 그러고 나면, 반찬 위에 뿌려진 깨에도 감동하고, 예전에 본 적 있던 풍경을 다시 마주해 감상에 잠기기도 한다. 시니컬해졌던 나도 살짝 내려놓게 되고, 닳아가는 휴대전화 배터리에도 어쩐지 초연해진다.

여행에 대한 찬미는 동서고금을 막론하고 늘상 이어져온 주제다. 낯선 공간과 생경한 경험들은 시상도 떠오르게 하고 세계를 확장해주기도 한단다. 그러나 못내 아쉬운 지점은, 왜 우리는 이 여행이라는 행위 안에서 굳이 의미를 찾고, 효율을 따지고, 생산성 있게 사진을 찍어야 하느냐는 것이다. 리프레시refresh라는 말도 어쩐지 F5 버튼을 무한히 눌러 화면을 '새로고침'해 원하는 바를 이루려는 느낌이라 껄끄럽다. 단순히 경험을 자랑하기 위해서 떠나는 여행은 너무 자본주의적이지 않은가. 별생각 없이 걷고, 단순한 것에 즐거워하고, 허튼 것에 울어도 보는 여행이 진짜 쉼이라는 생각이 드는 요즈음이다. 우리, 그냥 정말 쉬러 떠나자.

하다 말아도 괜찮아,
언젠가는 다 하겠지

나에게 붙은 별명 중 하나가 '취미 부자'다. 그간 다양한 취미를 시도했다. 스포츠만 따져도 달리기, 수영, 스쿼시, 검도, 골프, 국궁을 했다. 달리기는 10년째 10킬로미터를 1시간 1분 동안 죽자 사자 뛰는 정도고(얼마 전에 드디어 56분대를 기록하긴 했다), 수영은 20년째 평영을 못 넘어가고 있으며, 스쿼시는 일흔일곱 번의 수업 이후 코로나19의 여파로 멈춘 상태다. 여가용 취미로 캠핑, 베이킹, 식물 기르기, 뜨개질에 도전했다. 캠핑은 1년에 세 번 정도 가고, 베이킹은 오븐은 벤츠급인데 결과물은⋯⋯. 뜨개질은 바늘이 어디 있는지 기억도 안 난다. 직접 빚은 막걸리는 빚으면 빚을수록 맛이 없다. 그 밖에도 구입해둔 과학 조립 키트는 1년째 못 만지고 있고, 대학원 시절 사둔 라즈베리

파이는 언젠가 집 안의 모든 것을 감지하는 기기로 재탄생할 예정이지만 그것이 언제가 될지는 모른다. 구입 이후 기기의 버전이 두 번은 업그레이드 됐다. 수어 통역사 자격증에도 도전했지만, 필기시험만 붙고 실기시험은 보지도 못 했다. 지금은 다 잊어버렸다.

이 이야기를 들은 한 지인이, 어느 날 나를 푹 찌르며 말했다. "아니, 마라톤 한다더니 10킬로미터 러닝이고, 골프도 10년을 넘게 했는데 백돌이(18홀 총합 100타 이상 치는 사람을 뜻한다)고, 검도 한다더니 아직 몇 개월 안 됐고…… 생각보다 제대로 한 건 없네요?" 아, 그 말을 듣고 정말 아팠다. 내가 그렇게 허황되게 '구라'를 읊조리는 사람은 아닌데. 나는 그렇게까지 자신을 부풀려 말하는 사람이 아닌데. 그런데 다행히도, 나는 퍽 자기합리화를 잘하는 사람이라 이내 이런 결론에 다다랐다. 아니, 그 모든 것을 전부, 또는 뭐라도 완벽하게 하려면 30년은 더 살아야 하는 것 아닌가? 나는 아직 젊으니 여전히 호기심 왕성하게 이것저것 탐색해가며 살아도 되는 것 아닌가? 이렇게 야금야금, 장비들 안 버리고 조금씩 생각날 때마다 계속하다 보면 언젠가는 다 하지 않겠는가?

나도 무언가 하나를 깊이 파서 전문가가 된 사람들을 보면 너무 부럽다. 가령 한 언론사 선배는 만년필, 시계,

자동차, 오디오에 대해 아주 잘 아는 사람인데, 그 선배의 이야기를 듣고 있자면 밥 먹는 시간이 금세 지나고 나는 어느덧 관련된 쇼핑 정보를 검색하게 된다. 다른 선배는 와인에 대해 국내에서 내로라할 정도로 박식한 사람인데, 그에게 조언을 구하고 싶어서 식사 만남을 요청하는 일이 상당히 많은 것으로 알고 있다. 골프 잘 치는 사람들은 또 어떠한가. 함께 라운딩 한번 나갔다가 실력과 인품에 반해 평생을 함께 잔디를 밟는 동반자가 되기도 한단다. 유튜브와 인스타그램은 '특급 취미꾼'들이 자신의 장기를 뽐내는 장인데, 그런 곳에서 나처럼 애매하게 아는 사람은 '좋아요'도 못 받는다.

그런데 꼭 제대로 모든 걸 다 알아야만 내 주장을 할 수 있는 건가! 가령 나는 와인을 무척 좋아하는데, 어느 지역의 몇 년산 와인을 추천하는 게 좋을지는 잘 모른다. 그저 내가 좋아하는 와인 맛과, 그 맛을 내는 땅이 있는 지역과 포도 종류만 알 뿐이다. 그나마 와인 마신 역사가 10년은 넘어서 어떤 순서대로 와인을 마시는 게 좋은지, 어떤 음식과 먹는 게 좋은지 정도는 대충 감으로 맞히는 정도다. 내 생각에는 어느 분야의 대가가 되려면 아무래도 돈을 써야 하는데, 예를 들면 100만 원짜리 와인을 여럿 먹어봐야 100만 원짜리 와인을 추천할 수 있다고나 할까. 사용자 경험을 가르쳐주신 한 교수님은, 백만장자의 집을 지으려면 백만장자들의 집에 가본 적 있어야 한다고 했었다. 그들의 삶을 관찰할 수 있어야 그들의 공간에 필요한 요소를 잘 넣을 수 있다는 의미였는데, 그 말은 곧장 나에게 '많은 경험을 하자'는 의미로 박혔다. 꼭 다 경험을 해봐야만 하는 건 아니다. 책이나 유튜브 같은 여러 매체를 통해서도 충분히 간접경험을 할 수 있다. 그럼에도 나는 내가 직접 겪는 것이 좋아서 결코 과하지 않게 조금씩 조금씩, 달팽이가 성긴 잔디밭을 기어가듯 일상의 틈들을 자잘한 경험으로 메우고 있다.

감히 말하건대 몰입의 즐거움만큼이나 산만함의 즐거움도 있다. 매 순간 머리가 팽팽 돈다. 관심을 곳곳에 흩뿌려두면, 그 덕에 길어 올리는 정보도, 만나게 되는 사람도 많아진다. 취미 타령 중 갑자기 일 얘기를 꺼내 민망하지만, 스타트업 투자회사에서 일하면서 곳곳에 관심을 두고 레퍼런스 체크를 할 수 있는 인맥을 확보하면 그만한 재산이 따로 없다. 다양한 아이디어와 재능에 투자를 하는 일인 만큼, 모든 시장을 빠르게 조사하고 이해하고 분석하는 일은 아주 중요하고도 까다롭다. 이때 나의 산만함은 시장조사의 초석을 닦는 소중한 원료가 된다. 무엇보다도, 이 일이 무척 재미있어진다! 내가 관심을 가진 것을 이 참에 조사하는 일이니 일석이조가 따로 없다. 노지에 뿌려둔 수박씨가 단 열매를 맺듯, 내 취미들도 언젠가는 꽃이라도 피우겠지. 아니면 또 어떠한가! 1인 다多취미의 시대도 각광받을 때가 됐다!

단단하게 쌓아가는 공부

"너는 너무 착해"라는 말을 꽤 들었다. 처음 들었을 때는 "왜지?" 하고 놀랐다. 아마 내 주변 사람들도 내가 이런 말을 들었다고 하면 그럴 리 없다며 펄쩍 뛸 수 있다. 착하다는 그 사전적 의미와 너는 확실히 다르잖아……. 어휴, 맞다. 착한 거랑은 거리가 멀지. 신경질도 잘 내고, 화도 많고, 욱해서 다투기도 잘하는 내가 뭐 착하다는 걸까 싶었다.

알고 보니 착하다는 말은 내가 상대의 사정을 너무 고민하고, 조심스러워하고, 그래서 꾹꾹 눌러 참는 게 다 보인다는 뜻이었다. 민폐 끼치는 게 싫어서 조금이라도 자신 없으면 공격적으로 뛰어들지 않는 모습이 훤히 드러난다는 거였다. 아, 그걸 착하다고 표현할 수도 있구나 싶었다. 어라? 내가 왜 이렇게 됐지?

　새로운 것에 자꾸 뛰어드는 사람은 늘 조바심을 품고 산다. 대학원 박사과정에 처음 들어갔을 때, 오랜만에 다른 학과의 교수님 한 분을 뵈러 갔다. 연구 열심히 해보겠다고 말하러 들어간 자리였는데 눈물만 평평 쏟고 나왔다. 다짐한답시고 내 입에서 흘러나온 잔뜩 겉멋 든 몇 마디가 문제였다. 공부라는 것은 그렇게 겉만 훑어 취하는 게 아닌데 너는 아직도 매일 방송 기사 하나 때우듯 그날 필요한 것만 빨리 챙기고는 마치 자기 것으로 만들었다고 착각하고 있다고, 그건 연구하는 사람의 자세가 아니라고, 공부에 대한 자세부터 다시 갖추라고 혼쭐이 났다.

　현업에 와서 다양한 제의를 받을 때마다 교수님의 조언을 기억한다. 요즘은 정말 많은 분야에서 빠르게 지식을 솎아 자기 것으로 만들고, 그걸로 당장 성과를 내는 것이 미덕으로 여겨진다. 영리함이 필요한 분야도 있고, 단단하게 학문의 무게가 쌓여야 지속 가능한 분야도 있다. 하지만 결국 본질적으로 뭔가를 만들어내는 건 꾸준하고 묵직하게 자기 것을 쌓은 사람들이다. 각종 맛집들의 비기만 모아서 개업한 초보 주방장의 음식이 작은 동네 골목에서 30년 넘게 버틴 식당의 음식보다 맛있기는 어려울 거다. 내가 단단하지 않으면, 각종 노하우를 아무리 모아도 내 것으로 소화되지 않는다.

새로운 것에 관심이 많고 커리어를 여러 번 옮긴 나 같은 이들은 스스로 덜 단단하면 어쩌나, 앎이 얕고 말이 가벼우면 어떡하나 늘 걱정한다. 그래서 더 많이 공부하고, 이야기를 듣고, 정리하고, 소통하게 된다. 이런 동기부여라니! 종종 자존감이 떨어질 때도 있고, 그래서 주눅이 들때도 있다. 그럴 때는 공부를 하면 된다. 대충 남의 것을 훑는 대신 내 눈과 허리와 엉덩이와 머리를 써서 내 지식으로 만드는 것, 그게 정공법이다. 아무리 다른 편법을 찾아 돌아도 결국에는 이 길로 돌아오게 된다는 걸 느지막이 알게 되었다.

원고를 마감하고 난 뒤, 구글에서 디렉터로 일한 정김경숙의 커리어 강의를 접했다. 노트북이나 휴대전화 같은 전자기기를 오래 쓰려면, 배터리를 완전히 방전시키는 것보다 제때 충전해주는 것이 좋다는 말이 나왔다. 그러면서 그는 커리어도 비슷하다고 했다. 번아웃이 되어 완전히 소진되기 전에 조금씩 충전하고 채워가는 것이 중요하다고 말했다. 언제 번아웃이 될까 가만 생각해보면, 체력적으로 지치고 감정적으로 사람에게 치여서 상처가 커졌을 때인 것 같다. 그런데 만약 외부적으로는 문제가 없는데 내 마음이 문제라면? 내가 한계에 부딪힐 때, 이걸 내가 왜 해야 하는지 잘 모르겠다는 분노가 생길 때, 그때가 번아웃의 시작이라는 생각이 든다.

그럴 때 어떻게든 이겨낼 수 있는 힘은 그동안 얼마나 공부해왔는지, 세상을 얼마만큼 열심히 학습해왔는지에 있는 것 같다. 한 뼘이라도 더 알면, 근육이 조금이라도 더 단단하면 마음에 여유가 생기고 '못할 게 뭐야'라며 자신감도 붙는다. 솔직히 말하자면, 여전히 그 교수님을 다시 찾아뵐 정도로 연구자로서 당당하지는 않지만…… 그래도 이제는 적어도 몸 사린다는 뉘앙스의 '착하다'는 말을 안 들을 자신이 조금은 생겼다. 마음에 여유가 좀 생겨서인지, 사전적인 의미로 좀 착해진 것 같기도 하다. 아, 뻔뻔해진 것일 수도 있다.

불안을 잠재우는 안정제가 음료수처럼 팔리는 세상이다. 너무 빠른 기술 발전 속도, 잠깐 한눈팔면 놓치는 경제적 기회, 똑같이 열심히 사는데도 나만 뒤처지는 것 같은 박탈감. 이런 부정적인 감정들을 부추기는 건 성장해야 한다는 사회적 압박, 특정 경계 안에 들어가야 한다는 외부적 요인들이다. 그런데 불안은 사실 본능이나 다름없다. 무인도에 살아도 멧돼지가 나타날까 신경을 곤두세우며 산다. 원시인들도 맹수나 폭풍우에 떨며 살았다. 그러니 우리는 그저 흔들리지 않으면서 살던 대로 살면 좋겠다. 불안하면 학습하면 된다! 그러면 덜 주눅 들게 되고, 더 뻔뻔스러워진다.

이 책을 마무리하면서 조금이라도 더 긍정적인 에너지와 메시지를 전하고 싶은 이들이 있다. 자신의 결을 채 갖추기도 전에 보호의 틀에서 일찍 나오게 된 청년들이다. 보육원을 나와야 하는 보호종료아동부터 안전 사각지대에 놓인 현장 실습생에 이르기까지, 사회가 좀 더 신경 쓰고 도와야 할 사람들이 있다. 누구든지 차별 없이, 몸과 마음과 공간과 시간의 여유를 가지고, 세상을 더 넓고 깊게 학습할 수 있는 저변이 마련되기를 바란다.